Cuentos que contaban nuestras abuelas

TAMBIÉN POR ALMA FLOR ADA

I Love Saturdays y domingos

With Love, Little Red Hen

Yours Truly, Goldilocks

Dear Peter Rabbit

Under the Royal Palms

Where the Flame Trees Bloom

My Name Is María Isabel

The Gold Coin

The Three Golden Oranges

The Malachite Palace

Serafina's Birthday

The Unicorn of the West

Querido Pedrín

Me llamo María Isabel

El unicornio del oeste

Tales Our Abuelitas Told (con F. Isabel Campoy)

Cuentos que contaban nuestras abuelas

Cuentos populares ❂ Hispánicos ❂

F. ISABEL CAMPOY y ALMA FLOR ADA

ilustrado por Felipe Dávalos, Viví Escrivá,
Susan Guevara, y Leyla Torres

Atheneum libros infantiles
Nueva York · Londres · Toronto · Sydney

Atheneum libros infantile
Una firma de la division infantile de Simon & Schuster
1230 Avenue of the Americas
New York, New York 10020
Text y traducción © 2006 por Alma Flor Ada y Isabel F. Campoy
Ilustraciones por paginas 11, 15, 22, 57, 60, 64, 68, 72, 77, 81, 85, y 87 © 2006 por Felipe Dávalos
Ilustraciones por paginas 90, 94, 98, 103, 107, y 111 © 2006 por Viví Escrivá
Ilustraciones por paginas 28, 32, y 40 © 2006 por Susan Guevara
Ilustraciones por paginas 44, 49, y 53 © 2006 por Leyla Torres
Se reservan todos los derechos incluyendo toda forma de reproducción total o parcial.
Diseño del libro por Krista Vossen
El texto ha sido compuesto en Aldus.
Fabricado en China
Primo edición
2 4 6 8 10 9 7 5 3 1
Los datos de este libro están a la disposición en la Biblioteca del Congreso de los Estados Unidos.
ISBN-13: 978-1-4169-1905-6
ISBN-10: 1-4169-1905-8
Este título se publica simultáneamente en Inglés *Tales Our Abuelitas Told: A Hispanic Folktale Collection*
por Atheneum Books for Young Readers

A Pablo García Campoy, heredero de mi risa y las historias de su
bisabuela María Coronado Guerrero.
—F. I. C.

A Timothy Paul, Samantha Rose, Camille Rose, Daniel Antonio,
Victoria Anne, Jessica Emily, Cristina Isabel, Nicholas Ryan,
Collette Lauren Zubizarreta y todos los tataranietos de Dolores
Salvador Méndez de Lafuente, educadora y
contadora de cuentos extraordinaria.
—A. F. A.

✦ AGRADECIMIENTOS ✦

Queremos agradecer a Kristy Raffensberger por haber sido el hada
madrina de este libro y por devolverle la vida a la voz de nuestras
abuelas. Muchas gracias.

Y a Rosalma Zubizarreta, que es eco en inglés de nuestras almas.
Thank you ever so much.

—F. I. C. y A. F. A.

Contenido

Bienvenida

· ·

Cuando abrimos nuestras mentes y corazones a las palabras de un cuento, entramos en un mundo de maravillas. Los cuentos han deleitado tanto a niños como a adultos desde que ha habido familias y comunidades sobre la Tierra. Antes de que existiera la radio, el cine, o la televisión, hubo cuentos. De hecho, los cuentos existieron miles de años antes de que se inventaran los libros o el papel, o incluso los símbolos para escribir palabras. A través de los cuentos, los pueblos han compartido sus sueños, sus esperanzas y las lecciones aprendidas a través del vivir. Y con ellos celebraron la imaginación y el buen contar.

Los cuentos de este libro son un mosaico de formas, colores y diseños diferentes. Muchos nacieron en España, una tierra que ha sido un cruce de caminos de diferentes culturas a través de la historia. España, al estar tan cerca de las costas africanas, ha servido de puente entre los continentes de Europa y África y ha recibido influencias de ambos que dieron lugar a la creación de sus culturas propias. En la antigüedad muchos puertos de la costa mediterránea de España eran centros importantes de comercio que recibían a los barcos griegos, fenicios y cartagineses. Junto con su mercancía, estos marineros

1

traían sus canciones, sus proverbios y sus cuentos. Todos los pobladores originales de la península—vascos en el norte, celtas en el noroeste e iberos en las llanuras centrales—tenían a su vez sus propios repertorios de mitos y leyendas. En el período del imperio romano, muchos habitantes de la península aprendieron latín y escucharon los cuentos de Roma y las fábulas y mitos de Grecia que habían sido traducidos al latín.

Después de la caída del imperio romano, España fue invadida por los visigodos, un pueblo germánico que trajo a la región su rico folklore y los cuentos de sus conquistas. Las distintas visigodoas nunca se consolidaron en un gobierno fuerte y unido. En el año 711, la rivalidad entre los reyes visigodos dio lugar a una nueva invasión. Los árabes que habían ocupado el norte de África para propagar la fe musulmana invadieron la península.

Los árabes construyeron ciudades extraordinariamente hermosas en el sur de España, ciudades que eran mucho más avanzadas que la mayoría de las ciudades europeas de aquel tiempo. Sus monumentos, como la Alhambra en Granada y la Mezquita de Córdoba, nos hablan hoy de aquella grandeza. Los árabes amaban los cuentos y trajeron muchos a España desde la India y el Medio Oriente, cuentos cortos con enseñanzas sobre el carácter humano, o cuentos largos en los que los personajes positivos triunfaban sólo después de enfrentarse a innumerables peligros y aventuras.

Muchos de estos cuentos maravillosos se esparcieron desde los territorios árabes por el resto de España y se hicieron parte de la herencia de todos. Algunas veces los cuentos mantuvieron sus nombres árabes y elementos específicos, pero en muchos casos esos detalles se alteraron y los cuentos dejaron de parecer árabes. Europa los asimiló a lo largo de los siglos, contados y recontados por la gente e incluso fueron la inspiración de grandes escritores como William Shakespeare, cuya comedia "La fierecilla domada" (The Taming of the Shrew) por ejemplo, está basado en un cuento árabe de España o León Tolstoy e Italo Calvino que recontaron el cuento que aquí se ofrece de "La camisa del hombre feliz."

Los judíos vivían en grandes números por toda España en los territorios árabes. Ellos también tenían una gran riqueza de cuentos destinados a mostrar lecciones de vida y la agudeza de la mente humana. Estos cuentos se sumaron al rico folklore de la región. Mientras que los árabes, cristianos y judíos mantenían sus culturas y tradiciones propias, el contacto entre ellos influyó a sus culturas. Los matrimonios mixtos contribuyeron a la aparición de un pueblo étnicamente diverso. Los conflictos que surgen con frecuencia cuando se enamoran dos personas de distinta fe y cultura también fueron materia para muchos cuentos nuevos.

El año 1492 marcó un número de importantes acontecimientos en España. En ese año el rey Fernando y la reina Isabel completaron la unificación de España al vencer al último rey árabe de Granada. También tomaron una terrible decisión contra el pueblo judío: ordenaron que debían convertirse al cristianismo o abandonar España. Miles de familias judías se fueron. Muchas decidieron convertirse, o aparentar convertirse, en vez de perder su país. Con este acto terrible el gobierno español causó una enorme injusticia a todo el pueblo judío. El país perdió una gran influencia cultural, los judíos que se quedaron aunque siguieron contribuyendo grandemente a la vida intelectual y artística de España. Muchos de los más grandes escritores y pensadores han tenido herencia judía, como Santa Teresa de Ávila. Desgraciadamente, como ocurre frecuentemente en situaciones de opresión, algunos respondieron volviéndose opresores de su propia gente. Un ejemplo trágico es el gran inquisidor Tomás de Torquemada, que tenía una antecesora judía conversa.

En ese mismo año de 1492 se publicó la primera gramática de la lengua castellana, afianzando así el reconocimiento de que lo que había sido un dialecto del latín, era ya una lengua fuerte e independiente. Pero el acontecimiento que quizás tuvo mayor impacto sobre un gran número de personas y que de hecho cambió para siempre la faz del mundo, fue el viaje del patrocinado por Isabel y Fernando. En un intento de circunnavegar el globo en búsqueda de una ruta comercial hacia la India, Colón llegó a las Américas. Aunque otros europeos en el pasado habían visitado estas tierras, e incluso se habían asentado en ellas, fue el viaje de Colón el que provocó una emigración masiva de europeos de todas las nacionalidades a este continente.

Muchos pueblos indígenas de las Américas habían desarrollado civilizaciones extraordinarias que rivalizaban con cualquier otra de la tierra. Los mayas, por ejemplo, fueron los primeros en determinar el concepto de cero, un concepto esencial para el desarrollo de las matemáticas. Eran grandes astrónomos y tenían una soberbia comprensión del movimiento de los cuerpos celestes. Los aztecas y los incas también crearon magníficas civilizaciones cuyos logros seguimos admirando hoy en día. Pero más allá de la sofisticación de sus avances científicos, médicos, arquitectónicos y astronómicos, cada una de las civilizaciones indígenas de las Américas tenía una gran riqueza de cuentos. Crearon mitos para explicar el origen de la creación y leyendas que explicasen la existencia de las montañas, los ríos, los lagos, los animales, los pájaros, las plantas y las flores.

Desgraciadamente, empezando con las islas del Caribe, las primeras tierras en las que se asentaron los españoles, los emigrantes forzaron a los pueblos indígenas que vivían allí, principalmente a los taínos y siboneyes, a trabajar para ellos. Muchos indígenas murieron de enfermedades traídas sin intención por los europeos. Otros huyeron y se escondieron; muchos se suicidaron antes de convertirse en esclavos. Algunos españoles trataron de mejorar la situación. Fray Bartolomé de las Casas intentó proteger a lost indígenas del Caribe. Sin embargo su propuesta sólo intercambió una injusticia por otra. Él sugirió que los colones europeos se procurasen trabajadores entre gentes más fuertes y así comenzó el infame comercio de africanos esclavizados.

Las personas africanas esclavizadas que fueron traídas a las Américas llegaron sin posesiones materiales. Pero trajeron consigo sus experiencias, sus conocimientos, sus creencias culturales y su visión del mundo, sus idiomas y sus cuentos. Algunos de los cuentos más conocidos y preferidos hoy en día en Hispanomérica, se originaron en África, o entre los africanos forzados a la esclavitud.

En contraste con otros colonizadores europeos de las Américas, los españoles se casaron con las personas indígenas y con las de descendencia africana y de aquella fusión nacieron nuevas gentes. Un escritor mexicano del siglo XX, José Vasconcelos, llamó a este nuevo pueblo "la raza cósmica" aludiendo a las múltiples influencias que convergen en las personas que hoy conocemos como hispanos o latinos.

Durante la época de la inmigración europea, los viajes a través del océano Atlántico fueron en ambas direcciones, y así como los españoles trajeron toda su cultura e idioma a las Américas, también se llevaron a España plantas desarrolladas por los indígenas. La papa y el maíz incrementaron los alimentos en Europa y permitieron aumentar la población mundial. Los cuentos también viajaron de acá para allá, transformándose durante la travesía. Algunos cuentos africanos se convirtieron en favoritos en la Península Ibérica y algunos cuentos españoles adoptaron elementos africanos al ser contados.

De todas estas fuentes emanan, pues, nuevos cuentos. Ofrecemos aquí algunos de nuestros favoritos. La mayoría de los que narramos aquí los oímos de niños y los hemos contado y recontado a lo largo de nuestras vidas. Otros los descubrimos a través de la investigación para este libro. Al final de cada cuento decimos algo sobre su origen y en algunos casos nuestra relación con la historia, para que puedan saber un poco sobre las gentes que los crearon o sobre el largo viaje que el cuento ha recorrido hasta llegar a ustedes.

¡Qué disfruten los cuentos que contaban nuestras abuelas!

Para empezar un cuento

La magia de un cuento tradicional reside en captar la atención de los oyentes. Para alertarlos de que un cuento va a empezar, quien cuenta comienza con una frase que cautive la imaginación de los oyentes. Ofrecemos aquí algunas de las aperturas que se han usado tradicionalmente al contar cuentos en español.

Había una vez . . .

Érase que se era . . .

Hace mucho tiempo . . .

En la tierra de Irás y no volverás . . .

En un país muy lejano . . .

En los tiempos de Maricastaña . . .

En tiempos de la abuela . . .

Una vez, érase que se era . . .

Ésta era una vez . . .

En los tiempos del rey que rabió . . .

Para saber y contar y contar
   para aprender . . .

¿Quieres que te cuente un cuento?

En la tierra del olvido
   donde de nada
   nadie se acuerda, había . . .

Cuentos los que lo vieron . . .

Dicen los que lo vieron
   yo no estaba,
   pero me lo dijeron . . .

"Martína Martínez
y el Ratoncito Pérez"

Era una brillante mañanita de sol y Martina Martínez decidió que era un día perfecto para hacer su limpieza de primavera. Había lavado las cortinas y le había quitado el polvo a cada uno de sus estantes, cuando, barriendo un rincón con mucho afán, se encontró con una gran sorpresa: una brillante monedita de plata.

—¡Qué buena suerte! —gritó—. ¡Una monedita de plata para gastar en lo que se me antoje! ¿Qué me compraré? —y se volvió a preguntar—: ¿Qué me compraré?

Primero pensó: "Compraré caramelos". Pero cuando lo repensó, decidió: "No, que me los comeré y no me quedará nada".

Luego pensó que se compraría chocolates. Pero cuando lo volvió a pensar, decidió: "No, que me los comeré y no me quedará nada".

Y así, cuando hubo terminado la limpieza, se fue a la tienda para ver qué le gustaba. Y regresó a casa con una preciosa cinta roja.

Martina Martínez se dio un baño tibio, se puso su mejor vestido, y se amarró la cinta a la cabeza. Sintiéndose muy elegante, sacó su silla favorita y se sentó frente a la puerta de su casa.

Había pasado apenas un momento, cuando el señor Gato pasó por allí.

—Buenas tardes, Martina —la saludó—. ¡Qué linda estás!

—Debe ser mi cinta nueva —contestó ella tímidamente.

—¿Te quieres casar conmigo? —preguntó el señor Gato sin ningún recato.

—Humm . . . —dudó ella—. ¿Qué les cantaría a los niños a la hora de dormir?

—Miau, miau, miau —maulló muy orgulloso el gato.

—¡Ay, no! ¡Que los asustará! —respondió ella.

Y el señor Gato se fue muy decepcionado.

Un poquito más tarde el señor Perro pasó por allí.

—Buenas tardes, Martina —la saludó—. ¡Qué linda estás!

—Debe ser mi cinta nueva —contestó ella tímidamente.

—¿Te quieres casar conmigo? —preguntó el señor Perro.

—Humm . . . —dudó ella. Y le preguntó —¿Qué les cantaría a los niños a la hora de dormir?

—Guau, guau, guau —ladró fuertemente el perro.

—¡Ay, no! ¡Que los asustará! —respondió ella.

Y el señor Perro se fue muy triste.

Ya empezaba a anochecer, cuando el señor Gallo pasó por allí.

—Buenas tardes, Martina —la saludó—. ¡Qué linda estás!

—Debe ser mi cinta nueva —contestó ella tímidamente.

—¿Te quieres casar conmigo? —preguntó el señor Gallo con mucha arrogancia.

—Humm . . . —dudó ella. Y le preguntó —¿Qué les cantaría a los niños a la hora de dormir?

—Quiquiriquiiií —cantó a toda voz el gallo.

—¡Ay, no! ¡Que los asustará! —respondió ella.

Y el señor Gato se fue muy ofendido.

Ya había caído la noche. Martina estaba a punto de entrar en su casa cuando acertó a pasar por allí Ratoncito Pérez. No estoy completamente segura, pero me imagino que la razón por la cual Martina se había demorado tanto en entrar a su casa es que tenía esperanzas de verlo pasar. Ratoncito Pérez caminaba frente a la casa de Martina casi todas las tardes, pero nunca le decía nada a ella.

Esta vez la miró y le dijo: —Buenas noches, Martina. ¡Qué linda te ves!

—Buenas noches —dijo ella. Y luego añadió sonriendo: —Debe ser mi cinta nueva.

—Hace mucho tiempo que quiero preguntarte si saldrías conmigo. ¿Te gustaría? —le preguntó él con su voz suavecita.

—No veo por qué no —respondió ella.

Y fue así que Martina Martínez y Ratón Pérez empezaron a salir juntos. Y después de un tiempo, estaban tan seguros de que se querían que decidieron casarse. Y se mudaron a una casita, detrás de un naranjo, en un rincón del jardín de doña Pepa. Un fragante jazminero florecía alrededor de la puerta de la casita.

No llevaban casados mucho tiempo cuando decidieron dar una fiesta para todos sus amigos. Ratón Pérez se puso a limpiar la casa y prepararlo todo mientras Martina empezó a cocinar su sopa favorita.

Pero después de haber puesto todos los ingredientes en la olla enorme—nabos tiernos, dulces zanahorias y brillantes guisantes verdes—Martina se dio cuenta que no tenía ni una pizca de sal en casa.

—Correré al mercado y estaré de vuelta en seguida —le dijo a Ratón Pérez. Y ya desde la puerta le gritó: —Vigila la sopa, pero no te acerques demasiado a la olla. ¡Es una olla muy grande!

Ratón Pérez siguió limpiando la casa, pero muy pronto empezó a sentir un olorcito delicioso que venía de la cocina. Era tan prometedor que poquito a poco se fue acercando a la enorme olla redonda. Y por fin, de puntillas, se acercó para mirar adentro. Allí, en el centro de la olla, flotaba una cebolla grande y dorada, tan tentadora, que Ratón Pérez no pudo resistir el deseo de probarla. Y cuando se estiró para alcanzarla, ¡cataplún!, antes de que se diera cuenta de lo que había pasado ¡se había caído en la olla!

Muy poquito después, cuando Martina Martínez de Pérez regresó del mercado se sorprendió de que la casa estuviera tan silenciosa.

—¡Ratoncito Pérez, maridito mío! ¿dónde estás? —llamaba buscándolo.

Y después de mirar por toda la casa, sin encontrarlo, se asomó a la olla.

¡Ayyyyyy! —gritó tan fuerte que asustó a las abejas que revoloteaban sobre el jazmín de la puerta.

Sintiéndose muy triste, se sentó a la puerta llorando y llorando.

Dos pajaritos, que comían semillas por allí cerca, se le acercaron. —Martina Martínez, ¿por qué lloras tanto?

Y ella contestó: —Ratoncito Pérez se cayó en la olla, por la golosina de la cebolla. Y yo, lo lloro y lo lloro.

Los pajaritos contestaron: —Pues nosotros, pajaritos, nos cortaremos los piquitos—. Y así lo hicieron.

Cuando la paloma vio a los pajaritos les preguntó: —Pajaritos, ¿qué les pasó a sus piquitos?

Y ellos contestaron:

—Ratoncito Pérez se cayó en la olla

por la golosina de la cebolla.

Martina Martínez lo llora y lo llora.

Y nosotros, pajaritos, nos cortamos los piquitos.

Y la paloma respondió: —Pues, yo, paloma, me cortaré la cola. Y así lo hizo.

Cuando la paloma fue a beber a la fuente, la fuente le preguntó:

—Paloma, ¿qué le ha pasado a tu cola?

Y ella contestó:

—Ratoncito Pérez se cayó en la olla

por la golosina de la cebolla.

Martina Martínez lo llora y lo llora.

Los pajaritos se cortaros los piquitos

y yo, paloma, me corté la cola.

La fuente respondió: —Pues yo, fuente, secaré mi corriente—. Y así lo hizo.

Cuando Mariquita, la sobrina de doña Pepa, fue a la fuente para buscar agua y la encontró seca, le preguntó: —Fuente, ¿qué pasó con tu corriente?

Y la fuente le contestó:

—Ratoncito Pérez se cayó en la olla

por la golosina de la cebolla.

Martina Martínez lo llora y lo llora.

Los pajaritos se cortaros los piquitos

la paloma se cortó la cola

y, yo, fuente, sequé mi corriente.

Entonces Mariquita contestó, pues, yo, Mariquita, romperé mi jarrita. Y tiró al suelo la jarra de barro, que se rompió en dos pedazos.

Cuando doña Pepa vio a Mariquita regresar de la fuente con la jarra rota, le preguntó: —Mariquita, ¿qué le pasó a tu jarrita?

Y Mariquita contestó:

—Ratoncito Pérez se cayó en la olla

por la golosina de la cebolla.

Martina Martínez lo llora y lo llora.

Los pajaritos se cortaron los piquitos

la paloma se cortó la cola

la fuente secó su corriente

y yo, Mariquita, rompí mi jarrita.

Y doña Pepa contestó: —Y, ¿quién se ha ocupado de ayudar a Ratón Pérez?

Y doña Pepa se levantó las faldas y salió corriendo. Pasó a todo correr bajos las matas de mango y voló por el jardín hasta la casita detrás del naranjo.

Se agachó para pasar por la puerta, corrió a la cocina, alzó a Ratón Pérez por el rabo y lo sacó de la olla. Le dio palmaditas en la espalda hasta que escupió toda la sopa que se había tragado. Luego lo colocó con todo cuidado en su cama y regresó a la cocina a prepararle un té de manzanilla.

Y mientras Ratoncito Pérez se tomaba el té muy despacito, entre suspiro y suspiro, doña Pepa ayudó a Martina a preparar una olla de engrudo para pegar los piquitos de los pajaritos, la cola de la paloma y la jarra de Mariquita.

Y luego se fueron todos juntos a decirle a la fuente que volviera a dejar correr su corriente y que les anunciara a sus amigos que esa noche habría fiesta.

Y, colorín colorado, este cuento se ha acabado.

Sobre "Martina Martínez y el Ratón Pérez"

El cuento de Martina y Ratón Pérez es, sin lugar a dudas, uno de los cuentos más conocidos en nuestras culturas. Como se lo viene contando por tanto tiempo, a través de las distintas regiones de España y en toda Hispanoamérica, tiene múltiples variantes. A veces varía el personaje principal: puede ser una hormiguita, una mariposa, una cucarachita, o una ratita.

Hay tres versiones literarias importantes. La primera la publicó Fernán Caballero en España en el siglo XIX; la segunda apareció en Los cuentos de mi tía Panchita, *de Carmen Lyra, publicado en 1920 en Costa Rica; y la tercera es un libro de imágenes,* Pérez and Martina, *publicado en inglés por Pura Belpré.*

Algunas veces los personajes no tienen nombre, son, por ejemplo, la hormiga y el ratón. Cuando tienen nombre, el personaje masculino es generalmente Ratón Pérez y el personaje femenino puede ser Martina o Mandinga. En una versión larga y detallada, de Palencia, España, que es la más cercana a la que aprendí de mi abuela, se la llama amiga Martínez (en Aurelio M. Espinosa Jr., Cuentos populares de Castilla y León, *vol. 2).*

En la versión que aquí se ofrece, decidí usar el nombre Martina, que aparece en la mayoría de las versiones, y el apellido Martínez, ya que al combinarlos se forma una magnífica aliteración. Después de su boda la llamo Martina Martínez de Pérez para mostrar el uso hispánico de los apellidos de una mujer casada.

Este cuento, muy conocido a través del mundo hispánico, es muy querido en Puerto Rico, donde la versión oral a veces toma elementos africanos, hasta el punto que algunos críticos consideran que Martina representa la mujer de origen africano común en la tradición literaria puetorriqueña.

En cuanto al desarrollo y el final del cuento, las variantes más conocidas incluyen:

• Martina elige al ratoncito entre los muchos animales que la pretenden, pero en la noche de bodas, el gato se lo come.

• El ratoncito muere por caerse en la olla.

• El cuento se desarrolla hasta el final, como se ha contado aquí; el ratón llega a estar en peligro de muerte, pero no muere.

Después que varios personajes han manifestado su dolor es el rey quien salva al ratón, o más bien, quien ordena al doctor que salve al ratón. En una versión mexicana es un búho quién reconoce que el ratón no ha muerto.

Yo elegí seguir la preferencia de mi abuela de incluir en el cuento a una eficiente curandera.

—Alma Flor Ada

"–¡He ganado, Sr. Venado! –dijo la tortuga"

Los campos habían empezado a tomar color después de una larga temporada seca, típica de esta isla del Caribe. Pequeñas florecillas azules despuntaban cerca del río. Rojas, rosadas y violetas, las frutillas salvajes podían verse en las laderas de la montaña. El sol brillaba hasta más tarde cada día y también parecía acercarse más y más a la tierra. Por todas partes los pájaros cantaban y bailaban mientras buscaban frutas maduras y semillas sabrosas.

La risa y el júbilo estaban por todas partes, especialmente allá abajo en el río donde vivía Jicotea, la tortuga de río. Todo el mundo conocía su buen sentido del humor.

Jicotea vivía en una hermosa casa de cañas cerca del río. Le gustaba levantarse temprano, hacer su cama y limpiar de hierbas el patio frente a su casa antes de ponerse a tocar la guitarra y cantar sus canciones favoritas.

Era una de esas mañanas y cuando estaba cortando las hierbas, vio dos cuernos enormes sobresalir de los arbustos cerca del río. ¿Quién podría ser tan temprano?

Con cautela, con la cabeza medio afuera y medio dentro de su caparazón, Jicotea miró a ver quién se acercaba a su casa.

—¡Buenos días, doña Jicotea! ¿Cómo está usted? —dijo una voz desde lo alto.

—¿Quién se ha atrevido a pisar mis terrenos? —preguntó Jicotea.

—Soy yo. Y de repente, cuatro largas y hermosas patas la rodearon.

—Me ha asustado, Sr. Venado —dijo ella—. ¿Qué hace usted por aquí?

—Vine a tomar un poco de agua —dijo el venado—. ¿Ve la cima de aquella montaña? Vengo de allí. Me tomó sólo una hora llegar hasta aquí. Pero, claro, usted es tan pequeña y tan lenta, que probablemente ¡le tomaría un año cruzar esa misma distancia!—. Y diciendo esto el venado empezó a reír y a reír y sus carcajadas eran tan grandes que los mil pájaros que habitaban en el valle se escondieron en el corazón de los árboles.

—Y ¿por qué está usted tan seguro? —dijo Jicotea—. Es un error juzgar por las apariencias. De hecho, ¡le apuesto a que podría ganarle en una carrera!

Al oír las palabras de Jicotea, el venado comenzó a reír otra vez. Su risa era tan estruendosa que cien cocodrilos que estaban limpiándose los dientes cerca de la orilla se escondieron en el fondo del río.

—¿Está usted hablando en serio? —preguntó Venado.

—Sí, sí, muy en serio. Yo sólo le pido que me dé quince días para prepararme para la carrera —contestó Jicotea.

—¡No ha llegado el día en que una tortuga de río le gane una carrera a un venado! Se puede usted tomar un año si lo necesita. Porque lo va a necesitar —dijo Venado con sorna.

Y así fue como Venado y Jicotea acordaron encontrarse el Domingo de Pascua al amanecer en la carretera al final del pueblo.

Jicotea, tan pronto como vio desaparecer los cuernos del venado entre la espesura, llamó a sus dos mejores amigas.

—¡Juana! ¡Bárbara! ¡Vengan rápido, tengo algo que contarles!

Sus dos amigas corrieron a casa de Jicotea.

—¿Qué ha pasado? ¿Por qué se reía con tanto estruendo el venado?

—¿Han oído ustedes decir "Quien ríe el último, ríe mejor"? —preguntó Jicotea a sus amigas—. Pues bien, nosotras seremos las últimas en reír.

Juana y Bárbara se sentaron y Jicotea les explicó que ella había retado al venado a una carrera. La carrera iba a tener lugar en quince días y el ganador sería quién le diera la vuelta al río después de atravesar los pueblos de Guaracabulla y Guaracayó.

—Pero, ¿cómo vas tú a ganarle a un animal tan rápido como un venado? —preguntó Bárbara.

—*Yo* no voy a ganarle al venado. *Nosotras* vamos a hacerlo —respondió Jicotea.

—¿Qué quieres decir? ¿Cómo vamos a hacerlo? —preguntó Juana.

—Es muy simple —dijo Jicotea—. Escuchen mi plan.

Jicotea se acercó a sus amigas para que nadie oyera lo que había planeado. Cuando acabó con sus susurros, las tres amigas sonreían y las tres se marcharon en direcciones diferentes.

Diez días después, Bárbara se sentó a descansar por unos minutos. Su camino era a veces difícil. Había rocas y la pendiente era con frecuencia muy pronunciada. Sujetándose bien fuerte a matas y raíces de árboles intentaba no caerse y resbalar sobre el caparazón montaña abajo. Pensó en su amiga Juana y deseó que ya hubiera llegado a Guaracabulla, el primer

pueblo por el que pasaría la carrera. Ella misma no tenía más que cinco días para llegar a Guaracayó, el pueblo donde la carrera iniciaba el regreso hacia la meta. Necesitaba seguir adelante. Afortunadamente, ahora iba cuesta abajo y sería más fácil para sus cortas patitas.

Al amanecer del Domingo de Pascua, doña Jicotea estaba en el lugar acordado con el venado. Unos minutos más tarde, una nube de polvo anunció la llegada de su rival.

—¡Buenos días, doña Jicotea! ¿Hace mucho que espera? —preguntó Venado con ironía y una falsa sonrisa.

En un momento se había reunido una muchedumbre de animales.

—Quiero que todos sepan, queridos amigos, que en el día de hoy, Jicotea, la tortuga me reta a una carrera —dijo el venado—. Quiero que todos ustedes sean mis testigos. Señor Sinsonte, por favor, háganos el honor de ser el juez. Cuente hasta tres para marcar la salida.

El señor Sinsonte contó hasta tres y allá se fue el venado dejando tras de sí una nube de polvo. Tan densa era la nube que nadie vio cómo desapareció Jicotea.

Dos horas más tarde, Venado llegó a Guaracabulla, el primer pueblo de la carrera. Estaba tan seguro de que Jicotea ni siquiera habría avanzado unos pasos de la línea de salida que se fue a la barbería a que le cortaran la barba.

El barbero lo sentó en su sillón, le puso un enorme babero alrededor del cuello, le enjabonó bien las mejillas y preguntó: —¿Qué hace un venado en este pueblo, tan lejos de las montañas?

Venado estaba a punto de contar su historia cuando se oyó la voz de Juana por la ventana, cantando: —Yo llegué hace tiempo ya, tiempo ya, tiempo ya. Yo llegué hace tiempo ya. ¡He ganado, Venado!

Venado dio un salto en el sillón del barbero y gritó: —¿Quién canta ahí afuera?

Con el babero aún puesto y la cara llena de jabón, Venado salió corriendo de la barbería. Miró a la derecha y luego a la izquierda, hasta que descubrió a Juana sentada bajo un árbol. Por supuesto pensó que la tortuga era Jicotea, ya que se parecían mucho.

—¿Cuándo llegó usted aquí? —preguntó Venado.

El barbero, que había seguido al venado hasta la puerta, dijo: —He estado oyendo esa canción al menos hace una hora, así que ella debe haber llegado mucho antes que usted.

Al oír aquello, Venado se quitó el babero de un tirón y empezó a correr otra vez. —¡No ganarás esta carrera! ¡No ganarás! —gritó mientras desaparecía camino abajo.

Pasaron tres horas. Venado llegó a Guaracayó, el segundo pueblo de la carrera, cansado y hambriento. Estaba tan seguro de haber vencido esta vez a la tortuga, que decidió ir a un restaurante para celebrar con un banquete.

El camarero le trajo guayabas, mangos, mameyes y guanábanas, e incluso un tamal, pero cuando estaba a punto de darle el primer bocado a un jugoso mango, oyó la voz aguda de Bárbara que cantaba: —Yo llegué hace tiempo ya, tiempo ya, tiempo ya. Yo llegué hace tiempo ya. ¡He ganado, Venado!

El camarero, que en aquel momento le traía a Venado un plato de hierba recién cortada dijo: —¡Ahí va esa tortuga otra vez! Hace por lo menos dos horas que está cantando lo mismo.

Venado se arrancó la servilleta del cuello mientras gritaba: —No ganarás esta carrera. No ganarás—. Y de un salto estaba en el camino en dirección a la meta, dejando atrás una espesa nube de polvo y a un camarero muy airado. Tan espesa era la nube que nadie vio dónde fue la tortuga.

Con toda la fuerza que podían darle sus cuatro patas y azuzado por las carcajadas de los pájaros que pasaban a su lado, Venado regresó a la meta al final del pueblo donde había empezado la carrera aquella misma mañana del Domingo de Pascua.

Allí rodeada de colibríes y ranas, loros y una lagartija, Jicotea cantaba: —Yo llegué hace tiempo ya, tiempo ya, tiempo ya. Yo llegué hace tiempo ya. ¡He ganado, Venado!

Venado se miró las cansadas patas llenas de polvo y aquellos que estaban cerca dicen que vieron una lágrima rodar por su mejilla.

La gente dice que Venado se fue a la cima de la montaña y que desde entonces nunca más se le ha vuelto a oír reír. Está tan avergonzado que nunca se acerca a la gente y siempre se oculta de los otros animales del bosque.

SOBRE "—¡HE GANADO, SR. VENADO! —DIJO LA TORTUGA"

Este famoso cuento ha sufrido muchas transformaciones en sus viajes a uno y otro lado del Atlántico. En la versión que aparece en Cuentos populares de España *de Aurelio M. Espinosa Jr., la carrera era entre un conejo y un erizo, quien con la ayuda de su mujer, le gana al conejo. La versión que se presenta aquí viene de la tradición oral cubana con elementos africanos, de una compilación titulada* Fábulas del Caribe *hecha por Alga Marina Elizagaray.*

—F. Isabel Campoy

"El pájaro de mil colores"

El cuento que voy a contarles ahora ocurrió hace mucho, muchísimo tiempo, y comienza así . . .

Nunca nadie en el bosque había visto un pájaro tan hermoso. Era pequeño, pero sus plumas eran de color tornasol. Bajo el brillo del sol, algunas veces parecían verdes; otras, azules.

—¡Sus plumas son tan hermosas como las flores! —decían las mariposas.

—¡Sus plumas son tan hermosas como las mariposas! —decían las flores.

Los seres del bosque decían que las plumas reflejaban los mil colores de la luz.

Y el pajarillo cantaba feliz.

Un día todos los pájaros del bosque se reunieron.

—El domingo, nos encontraremos bajo el cedro y elegiremos rey —dijo el guacamayo.

—Que todos los que se crean dignos de ser rey se presenten —dijo el quetzal.

—Que se propague la noticia —dijo el ñandú.

Y cacatúas y loros, papagayos y cotorras, volaron por el bosque repitiendo el anuncio.

Cuando el pavo oyó gritar a los loros se puso muy contento.

"Me elegirán a mí", pensaba. "Soy grande y fuerte. Sé hinchar el pecho y levantar la cabeza. Sí, ¡yo seré el rey de los pájaros"! Y caminó con mucha majestad.

Pero pasado un rato comenzó a lamentarse, un poco preocupado.

—¿Por qué no tendré una cola larga y hermosa como la del quetzal? —murmuraba—. ¡Tanta cola para un pájaro que no tiene ni la mitad de mi tamaño! Y, ¿por qué no tengo plumas hermosas como las del ñandú? ¡Lástima de cola para un pájaro tan sin gracia! Sí, de veras merezco plumas mejores.

—¿Quieres que te preste las mías? —le ofreció el pajarito tornasol que lo había oído farfullar—. Sólo quiero que me prometas devolvérmelas el lunes, después de la elección.

El domingo el pavo apareció en la reunión con una cola espléndida. Las plumas que le había prestado el pajarito resplandecían. Y el pavo fue elegido como rey de las aves.

Pero no le devolvió las plumas al pajarito.

Varios días más tarde el pajarillo fue a ver al pavo.

—Por favor, ¿me podrás devolver las plumas? Sin ellas paso frío por las noches.

Pero el pavo, ahora que era rey, no le hizo caso.

—¿Para qué quieres tú esas plumas? No tienes ocasión de lucirlas como yo —le dijo.

Y el pavo se marchó con la cabeza muy erguida.

Desde entonces el triste pajarillo se escondió, porque le daba vergüenza que lo vieran sin sus plumas.

—¿Dónde está? —preguntaban las flores a las mariposas.

—¿Ha visto alguien al pajarito más bello del bosque? —le preguntaban a las hojas las mariposas.

Pero hacía mucho tiempo que nadie había visto al pajarito tornasol.

Una noche, mientras el pajarito se escurría de su escondite en el tronco de un árbol para buscar unas gotitas de agua que beber, lo vio un búho.

A la mañana siguiente, haciendo grandes esfuerzos para mantenerse despierto, el búho convocó a todas las aves del bosque y les contó lo que había visto.

—¡Qué cosa terrible! —dijo un guacamayo azul y amarillo.

—¡Es inconcebible! —chilló un tucán.

—¡Es una injusticia! —protestaron los colibríes.

—Tenemos que hacer algo —decidieron todos.

Y cada uno eligió la más bonita de sus plumas.

Esa noche, cuando el pajarito salió de su escondite, encontró el montón de plumas. Y creyendo que eran las suyas que el pavo le había devuelto, se cubrió el cuerpo con ellas.

Al día siguiente el pajarito se levantó con el sol. Y mientras volaba por el bosque todos admiraban sus plumas.

—¡Es más hermoso que las flores! —decían las mariposas.

—¡Es más hermoso que las mariposas! —decían las flores.

—¡Es el más bello de todos los pájaros! —murmuró la fuente cuando el pajarillo se detuvo a tomar agua.

Y mientras el pajarito, atónito, miraba su reflejo en el agua, por todo el bosque se oían los suspiros de sus amigos, felices de que el pajarillo hubiera redescubierto su belleza. Una vez más sus plumas reflejaban los mil colores de la luz.

Y este cuento es cierto, no sé mentir, tal como me lo contaron, te lo cuento.

Sobre "El pájaro de mil colores"

Este cuento me lo contaron cuando era pequeña. Me fascinó entonces y nunca lo he olvidado. Hace muchos años lo escribí y publiqué en español, pero nunca he encontrado la fuente original. Mi abuela, Dolores Salvador Méndez, de Camagüey, Cuba, debe quedar como la informante que me lo entregó oralmente, para que a mi vez, yo pudiera pasarlo a otros.

—Alma Flor Ada

"Catalina, la zorra"

●●●●●●●●●●●●●●●●●●●

—¡Détente, bandido! —gritó Catalina, la zorra, al ver a Martín, el lobo, salir de su huerta. Una vez más le había estado robando las manzanas más rojas, las peras más dulces, los huevos más frescos y la gallina más gorda. Y encima siempre se escapaba riendo. —¡Algún día ese lobo me las va a pagar! —murmuró Catalina.

Catalina estaba tan enojada que decidió salir a pasear para calmarse. Mientras andaba junto al camino, vio que se acercaba un hombre en una carreta. Se acordaba muy bien que el otoño anterior un hombre muy parecido le había disparado desde su carreta. Puesto que no había ningún lugar para esconderse, pensó que lo mejor que podía hacer para evitar el peligro era simular que estaba muerta. Y se acostó al lado del camino, haciéndose la muerta.

—¡Una zorra muerta! —gritó el hombre desde la carreta—. Esa piel me vendrá bien.

Y el hombre, que era un pescador que iba camino al mercado, se bajó de la carreta, agarró la zorra por la cola y la tiró sobre el montón de barriles de pescado que llevaba.

No era lo que Catalina había imaginado, pero recordó el consejo de su abuela: "No hay mal que por bien no venga". Lo único bueno que podía ver eran las sardinas en los barriles. Así que, sin hacer ruido, fue tirando una docena de sardinas al camino. Y luego, sin que el pescador se diera cuenta, se bajó ella misma de la carreta.

Catalina llevaba un rato comiendo sardinas cuando, de repente, se le apareció Martín. Mirando las colas de las sardinas que la zorra se había comido gritó: —Catalina, ¿cómo te atreves a comerte tú sola todas esas sardinas? ¿De dónde las sacaste?

Catalina se metió las dos últimas sardinas en la boca antes de contestar. No iba a dejar que se las robara. Y, mientras las saboreaba, tuvo una idea.

—Si quieres sardinas, puedes hacer lo que yo hice. Me acosté junto al camino, haciéndome la dormida. Cuando pasó el pescador, ¡me tiró un montón de sardinas!

A la mañana siguiente, camino del mercado, el pescador vio al lobo acostado junto al camino, haciéndose el dormido.

—¡Oh, no, a mí no me engañas! —le dijo—. ¿Y quién va a querer tu piel?

E hizo restallar el látigo sobre las orejas del lobo. El lobo se sintió feliz de escapar sin que lo azotaran, pero ahora estaba determinado a cobrarle a Catalina por el engaño.

Varios días más tarde, Martín esperó a que el pastor trajera su rebaño a la montaña donde estaba su guarida. Y se fue a llamar a Catalina. Tenía un plan perfecto para cobrárselas y además conseguir un tierno borreguito.

Al ver a Catalina se le aproximó, amistosamente: —Lo pasado, pasado está —dijo Martín—. Recordemos que a ambos nos gusta comer las mismas cosas. ¡Vamos a ser amigos y conseguirlas juntos!

Catalina escuchó con atención, preguntándose qué estaría planeando el lobo, pero sin atreverse a decir nada para que él no trajera a cuento lo de las sardinas.

—¿Ves ese rebaño en la montaña? —preguntó Martín—. Corre por delante y asusta a las ovejas. Cuando corran, yo cogeré un borreguito y lo compartiremos.

Por supuesto, él no tenía ninguna intención de compartir nada, sino solamente de ver cómo perseguían a Catalina los perros del pastor.

—Humm . . . quizá hay un modo mejor —contestó ella—. En lugar de asustar a las ovejas, déjame subir y decirles que estás en tu guarida, muerto. Las invitaré al velorio. Y cuando estén aquí abajo, será más fácil capturar no a una, sino a varias.

—Buena idea —dijo el lobo y se quedó mirando encantado mientras Catalina se acercaba al rebaño. Después de todo, ¿qué mejor que a uno le traigan la comida a la puerta?

Una vez que Catalina se encontró con las ovejas, les dio la noticia de que el lobo acababa de morir. Felices, al pensar que su enemigo había dejado de ser un peligro, las ovejas estaban felicísimas de bajar al velorio, como Catalina sugería, y la siguieron montaña abajo. Ella insistió en que los perros pastores debían venir también.

Martín hizo muy bien su papel. Yacía completamente inmóvil en la entrada de la guarida. —Allí está —dijo Catalina con voz fuerte, para que todos la oyeran—. Nuestro lobo murió de repente. ¿Ven cómo tiene estirada la pata izquierda? Así se sabe cuando un lobo está muerto. Observen esa pata.

Al escucharla, Martín, que tenía las patas recogidas debajo del cuerpo, estiró la pata izquierda. Y eso fue suficiente para que los perros se le echaran encima, mientras las ovejas trepaban de vuelta a la montaña.

Martín pudo, al fin, esconderse en su guarida, pero no sin haber dejado mechones de pelo en el hocico de los perros.

Por varios días, Catalina se quedó en su casa. No se atrevía a enfrentarse con Martín. Lo había vencido dos veces y sabía que él estaría desesperado por vengarse.

Después de algunas semanas, decidió sembrar un poco de trigo, para tener comida para el invierno. Y empezó a limpiar un campo.

—Estás trabajando muy duro —le dijo Martín un día, cuando la vio arando el campo—. No debieras trabajar tanto tú sola. Vamos a plantar el trigo entre los dos. Nos dividiremos el trabajo y la cosecha.

Catalina no tenía muchas ganas de hacer trato con el lobo. Pero tampoco sabía cómo negarse. Y accedió.

Cada mañana Martín llegaba al campo.

—Es hora de empezar a arar —decía. Pero mientras Catalina sudaba arando bajo el sol, él se echaba a la sombra de un enorme nogal.

Cuando ya el campo estaba arado, Martín anunció: —Es hora de sembrar las semillas.

Pero mientras Catalina caminaba entre los surcos, sembrando las semillas, él continuaba echado a la sombra del nogal. Ella seguía sin quejarse.

Cuando el trigo creció y las espigas estaban doradas, Martín fue a buscar a Catalina.

—Trae tu guadaña. Es hora de segar el trigo.

Y de nuevo, mientras ella cortaba el trigo, en el día caluroso, él se echaba fresco bajo la sombra deliciosa del nogal. Y ella seguía sin quejarse, esperando el momento oportuno.

—Es hora de trillar el trigo —dijo Martín. Y acompañó a Catalina a la era. Martín observaba, sin hacer nada, mientras Catalina traía los haces de trigo y los esparcía en la era para trillarlo. Y silbaba mientras ella levantaba con el tridente los manojos de trigo y los echaba al aire para que se separaran los valiosos granos de la paja.

—Bien, bien, bien —dijo Martín, cuando ya el grano estaba por fin separado de las grandes pilas de paja—. Ha llegado el momento de dividir la cosecha. Debo reconocer que tú has hecho la mayor parte del trabajo. Y lo que es justo, es justo. Por eso debes tener la mayor parte de la cosecha. Te puedes quedar con esas montañas de paja, yo sólo me llevaré el grano. Vendré mañana a buscarlo con una carreta.

Y se fue silbando alegremente.

—Eso es completamente injusto —murmuró Catalina. Y supo que había llegado la hora de pedir ayuda.

Se fue a visitar a su nuevo amigo, uno de los perros pastores, que todavía se reía al recordar el día en que Martín se había hecho el muerto. El perro escuchó con interés el relato de Catalina.

—Tienes razón. No es justo. Le enseñaremos una lección. Ya lo verás.

Esa noche, después que las ovejas estaban seguras en el aprisco, Catalina y el perro se encontraron en la era. Y el perro se escondió entre la paja.

Al amanecer, Martín llegó con su carreta para llevarse el trigo. Se sorprendió de ver a Catalina allí, tan temprano.

—¿No estarás tratando de quedarte con mi trigo? —le preguntó malhumorado—. Después de todo, a ti te ha tocado la mayor parte—. Y observó la era, para ver si ella se había llevado algo.

—¡Ah! —dijo al ver uno de los ojos del perro, que asomaba entre la paja—. ¿Qué es esto? ¿Un grano de uva?

—Pues no está madura —dijo el perro mientras saltaba, enseñándole los dientes.

Martín no tenía ganas de dejarse más mechones de pelo en el hocico del perro y se fue corriendo.

Y ese otoño, Catalina horneó muchas hogazas de pan para ella y para su amigo el perro pastor. Pero todo el tiempo se mantuvo alerta, no se fuera a aparecer el lobo. ¡Quién podría saber qué pudiera estar planeando!

SOBRE "CATALINA, LA ZORRA"

Hay muchos cuentos populares sobre la zorra y el lobo en la tradición española. Algunas veces se los llama simplemente la zorra y el lobo, otras uno y otra pueden tener nombres. Los nombres más usuales son Catalina y Martín.

El cuento que se ofrece aquí es una combinación de tres historias: la del pescador, la del zorro muerto y la de la cosecha compartida. Hay varias versiones de cada una de ellas en Cuentos populares de Castilla y León, *por Aurelio M. Espinosa Jr.*

—Alma Flor Ada

"Juan Bobo"

Juan era un chico alegre. Vivía con su madre a las afueras del pueblo. Ella era una buena mujer que trabajaba duramente y quería mucho a su hijo, aunque Juan nunca hacía nada bien.

—Juan, tráeme agua del río —le decía su madre. Y Juan le traía agua en una cesta, razonándole que le pesaba más traerla en un cubo. Por supuesto que, cuando llegaba a casa, se había salido toda el agua y lo único que traía era un cesta mojada y vacía.

—Juan, toma el burro y ve a la ciudad a comprar miel —le decía su madre. Y Juan caminaba hasta el pueblo tirando del burro con una soga, porque a su madre se le olvidó decirle que lo montara.

Así, conforme fue pasando el tiempo, la madre comprendió que sólo podía pedirle a Juan que hiciera algo si era fácil de hacer, tan fácil que no pudiera cometer un error.

Un día lo despertó y le dijo: —Juan, toma el burro y ve a casa de mi hermana María. Te dará un cerdo que le he comprado. Tráelo a casa. ¡Y no te olvides de montar en el burro!

Juan hizo lo que su madre le pidió. Cuando estaba en el camino de

regreso a su casa, montado en el burro y tirando del cerdo, pensó que le haría una visita a su tío Pedro. Miró al cerdo y le preguntó: —¿Sabes dónde vive mi madre? A lo que el cerdo respondió: —Oink, oink, oink.

Juan interpretó que decía "sí, sí, sí", y dándole unas palmaditas en el lomo, lo soltó y lo vio correr camino adelante tan rápido como le permitían sus cortas patitas.

Al atardecer Juan regresó a casa.

—¿Dónde está mi cerdo? —le preguntó su madre.

—¡Oh! ¿Aún no ha llegado? —dijo Juan, y le contó a su madre cómo le había preguntado claramente al cerdo si sabía dónde estaba la casa y que el cerdo había dicho claramente ¡que sí!

—No, Juan, no; ¡debías haber atado el cerdo al burro para que no se perdiera! —dijo su madre tristemente mientras se sujetaba la cabeza con las manos—. ¡La próxima vez ata el cerdo a la cola del burro!

Pasaron muchos meses. La madre de Juan había olvidado el asunto del cerdo cuando le pidió que fuera a la casa de su otra hermana, Elvira, y le pidiera una olla para hervir agua.

—¡Y no te olvides de montar en el burro! —le dijo.

Juan se montó en el burro y fue hasta la casa de su tía Elvira. De regreso se acordó de lo que su madre le había dicho sobre el cerdo y ató la olla a la cola del burro antes de continuar su camino.

Al oír el *cla-ta-cla-pán* que iba haciendo la olla al pegar contra las piedras del camino, la madre de Juan salió a su encuentro.

—Pero, ¿qué estás haciendo, Juan? —le preguntó.

—Hice lo que me pediste, madre. ¡Até la olla a la cola del burro para que no se perdiera!

—Pero, Juan —dijo ella— ¡eso era para el cerdo! ¡Mira cómo ha quedado la olla, llena de abolladuras y agujeros! ¡Ay, Juan, Juan!

A partir de aquel día, la madre de Juan procuró no volver a pedirle ayuda con nada más, pero un día, viendo que ya no quedaba mucha leña para el fuego tuvo que decirle: —Mañana irás a buscar leña.

Juan estaba contento. Por fin su madre le había pedido otra vez que la ayudara. Al fin y al cabo, él siempre quería hacer bien las cosas.

—Mamá, despiértame temprano —le pidió con entusiasmo—. Haré lo que me pides.

A la mañana siguiente su madre lo despertó y le dijo: —Ve a buscar leña. ¡Y no te olvides de montar en el burro!

Al atardecer, la madre oyó al burro en el establo y fue a ver lo que Juan había traído. Juan estaba montado en el burro pero no se veía leña por ningún sitio.

—¿Qué estás haciendo, Juan? —preguntó la madre.

—Estoy montado en el burro, como usted me pidió.

—Y ¿dónde está la leña? —dijo ella.

—Pues, mire, madre, ¡yo creo que tenemos bastante!— y señaló a las paredes que lo rodeaban.

—¡Tienes razón! —dijo la madre con total desánimo— y ya que esta vez, al menos no has hecho ningún daño, te mandaré a diario a buscar leña.

Lo cual hizo a Juan muy feliz.

Sobre "Juan Bobo"

El personaje de un muchacho grandullón y abobado, se encuentra en muchos cuentos a través del mundo hispánico. Se le ha llamado Pedro Urdemales, Pedro Remales o Juan Bobo. Hoy en día se le conoce principalmente como Juan Bobo, particularmente en Puerto Rico.

Existen muchísimas historias sobre Juan Bobo. En algunas, gracias a su inocencia, es el único capaz de resolver problemas difíciles, o porque no es consciente de los peligros, logra conquistar donde otros fracasan.

Estos cuentos han viajado amplia y largamente. Llegaron a Hispanoamérica desde España y se expandieron por todas partes. Hasta hoy en día se cuentan cuentos de Pedro Urdemales en chamorro, la lengua local, en Guam, una isla de Micronesia. Juan Bobo ha hecho reír a niños y adultos por más de 500 años. La versión que aquí se ofrece es una combinación de varios de sus episodios.

Es interesante hacer notar que los cuentos tradicionales a veces se entrelazan y se influyen unos a otros. Por ejemplo, en una versión recopilada en Valladolid, España, en 1936, es Juan Bobo en lugar del Ratón Pérez a quien Martina elige para casarse.

—F. Isabel Campoy

"El cuento del animal no tan pequeño"

Los pastores en el valle del País Vasco que cuentan esta historia en las frías noches de invierno, dicen que ocurrió realmente hace mucho tiempo, cuando la vida en las verdes montañas era pacífica y serena. También dicen que cuanto pasó en este cuento cambió por completo la vida en aquellas montañas.

Don Borrego y doña Cabra disfrutaban de sus paseos diarios por las laderas de las montañas. Cada mañana Xiki, el pastor, les abría las puertas del redil y don Borrego y doña Cabra, con pasitos rápidos y largos saltos, comenzaban la ascensión seguidos de cerca por Xiki, su perro Patxi y el resto de la manada de ovejas.

Cada mañana, en la cima de la primera montaña se encontraban con una manada de caballos salvajes. Los caballos de largas crines que flotaban en el viento los saludaban con grandes relinchos de felicidad.

—¡Buenos días, don Caballo! ¡Qué fresquita está la mañana! ¿eh? —doña Cabra saludaba así a un fornido caballo de sólidas patas.

—Un poquito fresca, sí, un poquito fresca. ¡Pero ya calentará! —respondía él.

—Don Caballo y doña Cabra se llevaban muy bien. Los dos tenían patas que les permitían trepar muy alto en las montañas. Y así, algunos días, el grupo de caballos se unía a los rebaños de Xiki y pastaban juntos por las colinas.

—Más allá de la primera colina, en un estrecho valle que seguía al río entre montañas, Patxi, el perro pastor se apresuraba a saludar a don Zorro.

—¡Buenos días, don Zorro! ¡Qué fresquita está la mañana! ¿eh? —decía Patxi al zorro, que siempre esperaba poderse escapar con un borrego.

—Un poquito fresca, sí, un poquito fresca. ¡Pero ya calentará! —respondía el zorro.

En la próxima cumbre las vacas rumiaban felices. Eran vacas enormes con manchas blancas y negras y cuernos afilados. Patxi siempre se quedaba cerca de Xiki, escondiéndose detrás de las piernas del pastor cuando pasaban cerca de ellas.

—¡Buenos días, doña Vaca Blanca y Negra! ¡Qué fresquita está la mañana! ¿eh? —así saludaba nerviosamente Patxi a una de las impresionantes vacas.

—Un poquito fresca, sí, un poquito fresca. ¡Pero ya calentará! —respondía la vaca.

Y así era día tras día. Pero en una mañana de abril ocurrió algo totalmente inesperado. Doña Vaca Blanca y Negra rumiaba como de costumbre cuando pisó a un escarabajo. Había llovido aquella mañana, como ocurre con frecuencia en las montañas del País Vasco, y la tierra estaba húmeda y reblandecida. Y esto fue lo que le salvó la vida al escarabajo ya que le facilitó el arrastrar medio cuerpo fuera de la pata de la vaca, en vez de ser aplastado por completo. Pero, desde luego, acabó con barro hasta las orejas y con varias patas malheridas.

El escarabajo gritó desde debajo de la pata de la vaca: —¡Eh, oiga, usted, doña Vaca Blanca y Negra, quíteme la pata de encima!

La vaca miró a todo su alrededor para averiguar quién estaba armando aquel bullicio. Levantó la pata lentamente y vio al escarabajo.

—¡A ver si se fija donde pone la pata, señora! —la regañó el escarabajo de mal humor. Aún no había acabado la frase cuando la vaca dejó caer sobre él de nuevo el peso de su pata.

—Escuche, doña Vaca Blanca y Negra —dijo el escarabajo cuando consiguió volverse a librar de aquel peso—. A partir de este momento le declaro la guerra, ¿me oye? ¡Esto es la GUE-RRA!

La gigantesca vaca negra y blanca no daba crédito a lo que estaba oyendo. ¡Un escarabajo declarándole a ella la guerra! Pero, ¿es que no se daba cuenta la criatura que ella pesaba más de quinientos kilos y lo podía destruir de un sólo estornudo? La vaca empezó a reírse sin darse cuenta de que el escarabajo había conseguido escaparse y salir volando. Sus carcajadas eran tan grandes que todos se congregaron en la cima de la montaña.

Don Caballo, don Zorro, don Borrego, doña Cabra, hasta Patxi, el perro pastor.

—¿Qué pasa, doña Vaca Blanca y Negra? —preguntó don Caballo.

—Pues . . . ¡acabo de recibir una declaración de guerra!

—¿Y quién quiere pelearse con usted? —preguntó asombrado Patxi.

—No lo van a creer —añadió doña Vaca entre carcajadas—. Un simple escarabajo. Nunca he oído nada tan ridículo.

Don Caballo, que habiéndose retirado de un escuadrón de caballería, sabía mucho de guerras, se dirigió al grupo.

—¡Una declaración de guerra es algo serio! No puede ser ignorada. ¿Dónde está el escarabajo? Debemos enviar a un espía para saber lo que planean el escarabajo y sus amigos.

Apuntando hacia el zorro añadió: —Usted, don Zorro, usted sabe cómo esconderse y observar. Vaya y averigüe qué planes tienen.

Todo el mundo aceptó con estusiasmo la sugerencia de don Caballo, y así don Zorro levantó las orejas y siguió su camino.

Mientras tanto, el escarabajo, furioso, había pedido refuerzos. Congregó nubes de mosquitos, enjambres de moscas con alas de encaje y avispas de cuerpo redondo y rayado, columnas y columnas de hormigas y batallones enteros de feroces piojos. Bandadas de grillos y cigarras abrían camino haciendo ruido de tambor y corneta. Tropas de pequeñas criaturas con corazones gigantes se habían reunido al otro lado de la montaña. Estaban listos para la batalla y determinados a mostrar a los animales grandes que no estaban dispuestos ni al engaño, ni a la risa.

Cuando las abejas que servían de vigías vieron acercarse al zorro, dieron la alarma. Miles y miles de grillos empezaron a cantar todos a la vez. Parecía como si máquinas gigantescas se fueran aproximando a la cima de la montaña. Don Zorro se paró en seco. Le empezaron a temblar las piernas. Vio una nube negra acercarse por la derecha, y antes de que pudiera moverse, todo el ejército le había caído encima: mosquitos, moscas, abejorros, avispas, grillos. Cuanto más corría, más velozmente le perseguían.

Picado, aguijoneado y lleno de pánico, gritó a los otros animales, tan alto como podían sus pulmones: —¡Corran, corran, corran para salvar sus vidas!

Todos escaparon montaña abajo y algunos aún siguen corriendo.

Un viejo pastor vasco, tataranieto de Xiki, me contó esta historia y me explicó que hay borregos vascos y pastores vascos en lugares tan lejanos como las montañas de Idaho . . . y todo por la tozudez de una vaca, y la resolución de un escarabajo.

SOBRE "EL CUENTO DEL ANIMAL NO TAN PEQUEÑO"

La cultura vasca es fuente de abundantes cuentos y tradiciones. Las montañas del País Vasco, en el noreste de España, se parecen a las montañas de Montana, Utah e Idaho. En el siglo XIX y a principios del siglo XX, los ricos propietarios de tierras en esos estados trajeron un gran número de pastores vascos a los Estados Unidos para trabajar en sus tierras. Con ellos llegó también su tradición de contar cuentos, así como el euskera, su lengua vasca, una de las lenguas más antiguas de Europa. Es tan antigua que la palabra "cuchillo" significa literalmente "la piedra que corta" y la palabra "techo" significa "la parte superior de la cueva". Esta historia aparece en Cuentos populares de Castilla y León *por Aurelio M. Espinosa Jr.*

—F. Isabel Campoy

"El castillo de Chuchurumbé"

Ésta es la llave,
grande y fuerte,
que abre la puerta
del castillo de Chuchurumbé.

Ésta es la puerta,
enorme y maciza,
que lleva al patio
del castillo de Chuchurumbé.

Éste es el patio,
con arcos en los cuatro costados,
donde se reúnen los caballeros
en el castillo de Chuchurumbé.

Éstos son los caballos
hermosos y ágiles

que tiran del carruaje

en el patio

del castillo de Chuchurumbé.

Éste es el carruaje

dorado y veloz

rodeado de caballeros

en el que va la reina

que ahora sale

del castillo de Chuchurumbé.

Ésta es la reina,

graciosa, lista y generosa,

que va de paseo

al campo

y ve en la distancia

el castillo de Chuchurumbé.

Sobre "El castillo de Chuchurumbé"

En la tradición folklórica hispánica abundan los cuentos acumulativos. "El castillo de Chuchurumbé" es la versión mexicana de un cuento muy querido, que tiene versiones distintas en las diferentes regiones. Aunque el título habla de un castillo, las versiones que hemos encontrado utilizan los elementos, contenidos y habitantes de una casa, como en el conocido "La casa que Juan construyó".

En la reecreación libre que ofrecemos aquí hemos sustituido los elementos de la casa por los de un castillo, siguiendo la sugerencia del título.

—F. Isabel Campoy y Alma Flor Ada

"El chivo de los montes y montañas"

Hace muchos, muchísimos años, en la época de Maricastaña, había una mujer que tenía una hija, un marido, una cabaña y una huerta. Cuidaba de su hija con cariño, de su marido con amor, de su cabaña con alegría y de su huerta con todo su corazón.

Y así la huerta le daba calabazas rechonchas, zanahorias dulces, lechugas tiernas y guisantes deliciosos. Y cada día, en la cabaña cuidada con esmero, la mujer, su hija y su marido disfrutaban comidas deliciosas.

Una mañana la mujer envió a su hija a la huerta para buscar hortalizas para la comida. Cuando la hija llegó a la huerta se encontró con un chivo enorme que se estaba comiendo todo lo que podía.

La niña trató de asustar al chivo gritando y agitando los brazos. Pero el chivo se limitó a mirarla con desprecio y a decirle con voz fiera: —Soy el chivo de los montes y montañas y ¡me encanta comerme de postre a las niñas!

A la niña la asustó mucho la idea de ser el postre de un chivo y corrió a la cabaña a decirle a su madre lo que había pasado.

—Yo lo resolveré —dijo la madre. Agarró una escoba y corrió a su querida huerta, sacudiendo la escoba en el aire.

Pero el chivo la miró con desprecio y le dijo con voz fiera: —Soy el chivo de los montes y montañas y ¡me encanta comerme de postre a las niñas y a sus madres!

Viendo que no podía espantarlo, la madre corrió a la cabaña a decirle a su marido lo que estaba pasando.

—Bueno, yo lo resolveré —dijo él. Y agarrando un tronco fuerte y grueso de la pila de leña, el hombre corrió a la huerta, gritando y amenazando al chivo con el palo.

Pero el chivo lo miró con desprecio y le dijo con voz fiera: —Soy el chivo de los montes y montañas y ¡me encanta comerme de postre a las niñas, a sus madres y a sus padres!

En ese momento pasaba por el camino un soldado y, viendo lo que ocurría, se ofreció a ayudar.

Desenvainó la espada y dio tajos en el aire con ella. Con voz de mando le ordenó al chivo que se fuera o perdería la vida. Pero el chivo lo miró con desprecio y le dijo con voz fiera: —Soy el chivo de los montes y montañas y ¡me encanta comerme de postre a las niñas, a sus madres, a sus padres y a los soldados con espada!

Ya para entonces la niña sollozaba, la mujer gritaba, el marido rabiaba y el soldado daba patadas de frustración. Y justamente entonces una hormiguita apareció por el camino.

La hormiga se detuvo y dijo: —Con mucho gusto sacaré a ese chivo de la huerta.

La niña miró maravillada a la hormiga, la mujer la miró con esperanza, el hombre con sorpresa y el soldado con cólera.

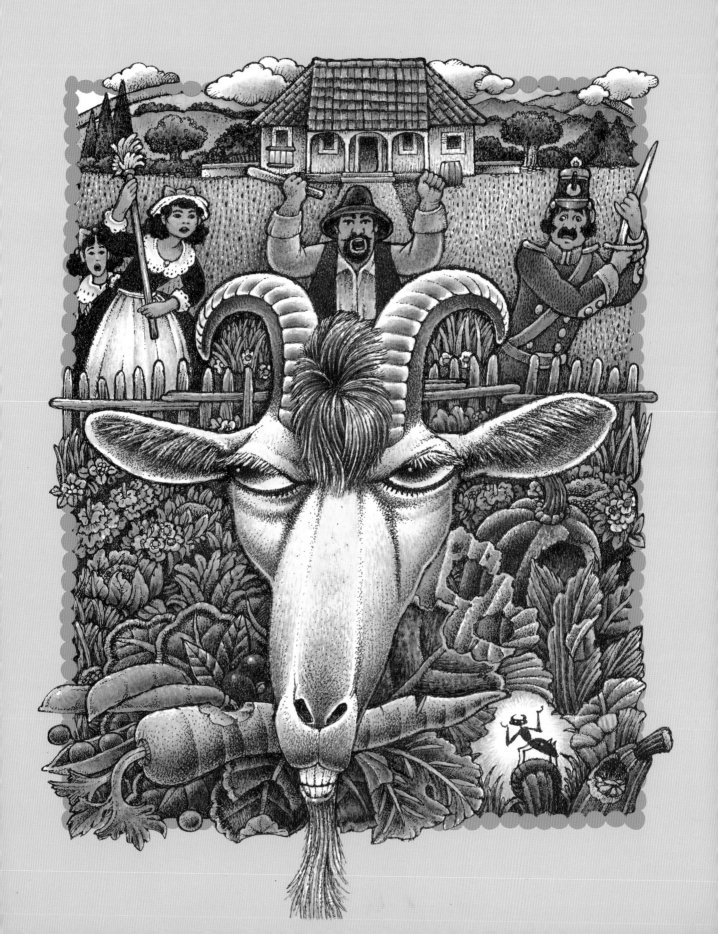

—¿Cómo te atreves a pensar que puedes hacer lo que nosotros no hemos podido? —gritó el soldado.

La hormiga contestó: —Pensaba hacerlo como un favor. Pero, por hablarme con tal rudeza ahora tendrán que pagarme.

—¿Qué nos pedirías? —preguntó la mujer.

—Un poco de trigo estaría muy bien —dijo la hormiga.

—Te daré dos sacos llenos —dijo la mujer.

—¡Oh! No podría cargar tanto —dijo la hormiga—. No me cabría en la cesta.

—Un saco, entonces —dijo la mujer.

—¡Oh! No podría cargar tanto —dijo la hormiga—. Todavía es mucho para mi cesta.

—¿Medio saco? —preguntó la mujer.

—Todavía es demasiado —dijo la hormiga—. Dos granos serán suficientes. Uno para mí y el otro para mi abuelita.

Y una vez que quedó acordado, la hormiga corrió al chivo, que había estado tan ocupado devorando hortalizas que no había prestado ninguna atención a la conversación. Y la hormiga se trepó a una pata del chivo, que no sospechaba lo que iba a ocurrirle, y lo mordió tan fuerte, tan fuerte, que el chivo se puso a dar saltos y por fin regresó a sus montes y montañas. Y mientras trepaba al primer monte, se le oyó gritar: —¡Todos ustedes hubieran tenido un sabor horrible!

Mientras el hombre y la mujer le daban las gracias a la hormiga, con mucho afecto, el soldado se escabulló, con los ojos fijos en el camino.

Tal como se lo había prometido, la mujer le dio a la hormiga dos granos de trigo. Pero como hubieran sido una carga muy pesada para su cesta, la hormiga llevó uno hasta el hormiguero y la niña la ayudó llevándole el otro.

Y, zapatito roto, te toca a ti contarme otro.

Sobre "El chivo de los montes y montañas"

Hay muchas versiones de este cuento que es muy popular tanto en España como en Hispanoamérica. Fue uno de los cuentos favoritos de mi infancia y he disfrutado contándolo por muchos años. Me gusta sobre todo este final en el cual la niña ayuda a la hormiga a cargar el trigo.

Esta versión se basa en la que aparece en Cuentos populares de Castilla y León, de Aurelio M. Espinosa Jr. Yo le he añadido la expresión desdeñosa "¡Todos ustedes hubieran tenido un sabor horrible!"

—Alma Flor Ada

"El caballito de siete colores"

Hace mucho tiempo . . .

—Estoy preocupado —dijo don Ramón a su mujer Clotilde y a sus tres hijos—. Un animal se ha estado comiendo nuestro maíz, pero no puedo encontrar ninguna huella que entre o salga del cobertizo. Diego, esta noche tú harás guardia para ver qué pasa.

Aquella noche, Diego se fue al cobertizo, el granero de adobe donde guardaban el maíz, pero pronto se quedó dormido. A la mañana siguiente, dándose cuenta de que había fracasado en su misión y temeroso de enfadar a su padre, dijo: —Me quedé sin dormir para nada. Nadie vino al cobertizo.

Y sin embargo había desaparecido más maíz.

A la noche siguiente le tocó hacer guardia a Vicente, el segundo hijo. Se esforzó por estar alerta, pero después de unas cuantas horas, también él se quedó dormido. Por la mañana repitió que no había pasado nada. Pero otra vez faltaba más maíz.

A la tercera noche, Pedro, el hermano menor, fue a hacer su guardia al cobertizo. Estaba totalmente decidido a no dormirse. Diego y Vicente solían gastarle bromas diciéndole que sobre los hombros tenía una piedra en vez de una cabeza. Pedro quería demostrarles que era tan inteligente como ellos. Después de pensar por un rato, ató una cuerda a una pila de maíz fresco y el otro cabo lo ató a un poste. "Ahora si alguien intenta robar nuestro maíz, tropezará con la cuerda, se caerá sobre la pila y tirará el maíz. Y si yo me he dormido, me despertaré y lo atraparé", pensó.

Incluso con este plan, Pedro trató de no dormirse. Se puso a cantar y a hablarle a la luna. Pero debió adormecerse porque cuando la noche era más oscura, sintió cómo se movía la pila de maíz. Al principio no pudo ver nada. Se sentó, se restregó los ojos, una, dos veces y . . . ¡allí estaba! Un caballo como nunca había visto. ¿Acaso era azul, o verde, rojo o morado? ¿Qué clase de caballo era aquél?

Pedro tuvo miedo, pero recordó la razón por la que estaba de guardia y sin pensarlo dos veces, saltó sobre el caballo. De repente, el caballo corrió hasta la puerta y salió volando en la oscuridad de la noche hacia las montañas de Sangre de Cristo en la distancia. Pedro tenía tanto miedo que se sujetó a las crines del caballo con todas sus fuerzas. No importa cuánto quiso el caballo sacudirse a Pedro de encima, él se agarró aún más fuerte. Después de surcar el cielo por horas, Pedro oyó una voz: —Si me dejas libre, pondré un criado a tu servicio.

Justo en ese momento pasó un pájaro de fuego y por un breve momento el cielo se iluminó como en pleno día. Pedro, queriendo ver quién le había hablado, alargó el brazo para coger una pluma del pájaro.

Pedro casi se cae de su montura, pero pronto se dio cuenta de que era el caballo el que le había hablado.

—Primero llévame al rancho de mi padre —respondió. El animal tomó carrera y regresó cruzando las cimas de las nubes por lo que parecieron horas, hasta que aterrizó en los campos de don Ramón.

—Encontrarás tres caballos en el cobertizo —dijo.

—Identifica al que te servirá mejor y tendrás cuanto necesites por el resto de tu vida. Sólo recuerda decir "caballito mío" y él te concederá tu deseo. Pero primero tira esa pluma del pájaro de fuego, sólo te traerá problemas en el futuro.

Pedro desmontó y entró en el cobertizo. Como le había dicho el caballo de muchos colores, sacó la pluma del bolsillo para tirarla, pero estaba tan oscuro allá dentro que la necesitaba para iluminar su camino. Cuando llegó al fondo del cobertizo, no podía creer lo que veían sus ojos. Allí estaban los tres caballos. Dos de ellos tenían crines doradas, patas fuertes y hermosos ojos. El tercero era un caballito de siete colores, como el que él acababa de dejar en libertad.

Pedro pensó por un momento. Sus hermanos solían decirle que él no era más que un pony. Avanzó hasta aquel caballito tan sorprendentemente hermoso y dijo "caballito mío". El caballito meneó la cola a uno y otro lado y se arrodilló sobre las patas delanteras. Pedro sonrió y agotado por el viaje se acostó y se quedó dormido.

Por la mañana Pedro fue a la casa y contó a sus padres que había encontrado a los ladrones y que se trataba de dos caballos salvajes. Cuando pidió permiso para llevarlos a vender al mercado, sus hermanos se apresuraron a decir: —Padre, déjenos ir al mercado. Pedro no puede hacer esto solo.

—Irán los tres —dijo don Ramón.

Pedro añadió: —También había un caballito pero quisiera quedármelo.

—¡Un pony igual que tú! —le dijo Diego en broma.

—Puedes quedártelo —dijo el padre—. ¡Al fin y al cabo, tú fuiste quien descubrió a los ladrones!

EL PÁJARO DE FUEGO

El día de mercado los tres hermanos fueron al pueblo. Pedro sabía lo que él quería: no separarse nunca de su caballito. Sus hermanos sólo querían dinero.

Dio la casualidad que aquel día el ranchero más rico de la región iba en busca de potros para sus establos. Examinó cada caballo que había en el mercado, sus dientes, sus pezuñas, su pelo. Cuando llegó frente a Diego, Vicente y Pedro quedó prendado de inmediato de los dos caballos de crines doradas.

—¿Cuánto cuesta este par? —preguntó el ranchero.

—Diez monedas de oro —dijo Diego.

—Cada uno —añadió Vicente—. Veinte monedas de oro por el par.

—Es mucho dinero —dijo el hombre.

En ese momento Pedro se interpuso entre el hombre y sus hermanos y dijo: —Por ese precio también me consigue a mí para cuidar sus caballos, si puedo traer a mi potrillo. El ranchero dijo que sí a todo. Y así fue como Pedro entró al servicio del ranchero más rico de toda la provincia de Milagros, cerca del río Pecos, en la región conocida como Nuevo México.

Pedro vivía una vida feliz. Tenía un amigo, su caballito de siete colores, y los dos caballos a los que mantenía perfectamente cuidados. También guardaba la pluma del pájaro de fuego, que nunca se había decidido a tirar. Los vaqueros, que habían trabajado en el rancho por mucho tiempo, empezaron a hablar entre ellos "¿Cómo podía Pedro mantener a los caballos tan bien cuidados si estaba todo el día ocupado en el rancho con otras obligaciones?" se preguntaban.

Esto hizo a Pedro sospechoso y los vaqueros decidieron espiarlo. Una noche vieron a Pedro sacar la pluma del pájaro de fuego del bolsillo de su camisa y colocarla en una viga en lo alto del establo. La luz que despedía la pluma era tan intensa como la del sol. Pedro estaba cansado, pero aún necesitaba limpiar el establo, cepillar y dar de comer a sus caballos. Los hombres vieron cómo Pedro susurraba a la oreja del potrillo. Una nube de polvo llenó el establo y cuando se asentó, el establo estaba limpio. Los hombres observaron todo esto con gran sorpresa. Al principio tenían miedo y luego estaban celosos de la magia de Pedro. Así, fueron a hablar con el ranchero y como querían deshacerse de Pedro, inventaron una historia.

—Señor —dijeron—, Pedro, el hombre que cuida sus establos, posee una pluma que arroja luz. Él nos dijo que con gusto iría a buscar otra para usted, si usted se lo pidiera.

—Tráiganmelo de inmediato —dijo el ranchero.

Cuando Pedro oyó lo que se pedía de él, se dio cuenta que no le quedaba más remedio que ir a buscar al pájaro de fuego. Y esa noche se marchó, montado en su potrillo.

Cuando estaban lejos del rancho, Pedro dijo: —Caballito mío, llévame donde vive el pájaro de fuego.

De inmediato el caballito ascendió por el aire y los dos salieron volando hacia las montañas de Sangre de Cristo.

Allá arriba en el cielo, las carreteras eran los rayos del sol y Pedro y su potro atravesaron valles y montañas por los caminos dorados. Pronto el caballito siguió un rayo hacia la tierra. En el centro de la selva, a sus pies Pedro podía ver una luz muy fuerte. Era el pájaro de fuego. Pedro abrió una bolsa que traía consigo y antes de que el potrillo siquiera tocara tierra, atrapó al pájaro de fuego en su bolsa. Sujetándolo fuertemente contra el pecho dijo: —Caballito mío, llévame de regreso al rancho.

BLANCALUNA

Por un mes todos celebraron la llegada del pájaro de fuego. El ranchero hablaba de Pedro a sus amigos. Los hombres querían su amistad. Las mujeres querían su fama. Pero Pedro no quería nada de eso y continuaba haciendo una vida tranquila cuidando de sus caballos. Toda aquella fama y atención hicieron a sus compañeros de trabajo aún más celosos.

Sin embargo, la vida volvió a ser tranquila. El verano vino y se fue. Una manta de nieve cubrió pronto la tierra. Los hombres y las mujeres del rancho pasaban las noches arreglando herramientas y contando cuentos para pasar el tiempo. Pedro contó uno de sus cuentos favoritos acerca de un lugar oculto en la tierra donde vivía la hija de la Luna y la hermana del Sol. La hija de la Luna podía ser reconocida porque tenía una estrella en la frente y una media luna bajo sus largas trenzas. Pero aunque los hombres más fuertes habían ido en su búsqueda, nadie la había encontrado nunca.

Al oír esta historia tan extraña, los enemigos de Pedro, aún celosos, fueron otra vez a ver al ranchero.

—Señor —dijeron—, hemos oído decir a Pedro que él puede encontrar a la hija de la Luna para que usted pueda desposarla.

A lo que el ranchero replicó: —Ciertamente me casaría con ella si Pedro puede encontrarla. Pero si no la encuentra —dijo con voz enfadada— lo castigaré por atreverse a prometer cosas que no es capaz de lograr.

Pedro estaba preocupado y entristecido por este nuevo reto, pero no podía negarse. Así que una mañana montando su caballito de siete colores se alejó de nuevo del rancho. Cuando estaban lejos dijo: —Caballito mío, ayúdame a encontrar a la hija de la Luna y hermana del Sol.

Pedro y el potrillo del color del arco iris volaron haciéndolo esta vez sobre las olas del viento. Las olas los empujaron muy, muy lejos hasta que por fin descendieron sobre una isla.

—¿Dónde estamos? —preguntó Pedro.

—Yo creo que estamos en una isla —dijo su caballito.

—Pero mira, ¡se mueve! ¡Esta isla se mueve! Y ¿qué es eso, una fuente? —preguntó Pedro mientras se acercaba a un chorro de agua que se disparaba desde el centro de la isla.

El caballito de siete colores dijo: —No es una fuente. Estamos sobre la ballena más vieja del mundo. Ha flotado en estas aguas por siglos. Los pájaros hacen sus nidos sobre ella y los peces le traen comida desde el fondo del océano. Oí esta historia de mi padre. Él me dijo que la hija de la Luna vive dentro de esta ballena. Durante el día duerme detrás de sus dientes. Por la noche sale a saludar a su madre. Hablaremos con ella esta noche.

El día pasó muy lentamente. Pedro observaba el cielo con impaciencia, esperando a que se pusiera el sol. Cuando por fin apareció la Luna, una hermosa mujer salió nadando desde la boca de la ballena. Tenía una estrella en la frente y bajo sus largas trenzas brillaba una potente luz.

—¡Allí está! —gritó Pedro—. Es en verdad hermosa. Debemos llevarla al rancho de inmediato.

Pero entonces Pedro lo pensó dos veces. Él no quería herirla y le dijo: —Si vienes con nosotros podrás ver a la Luna desde las montañas y desde el valle. Allí brilla sobre cada hoja del bosque, sobre cada guijarro, en las ventanas de cada casa.

Blancaluna, que así se llamaba la joven, sólo había vivido rodeada de agua y las palabras de Pedro le causaron curiosidad.

—¿Cómo iremos hasta allá? —preguntó ella.

—Mi caballito nos llevará —contestó Pedro.

—Yo los llevaré —le dijo el caballito a Pedro—. Pero tú debes deshacerte de la pluma del pájaro de fuego, que no te ha traído más que desgracias.

Pedro estaba a punto de tirar la pluma cuando vio cómo Blancaluna observaba su luz. "Si le gusta mi pluma", pensó Pedro, "también le gustará el pájaro de fuego que el ranchero tiene en el rancho y querrá casarse con él". Así que decidió guardarla.

El caballito de siete colores tomó una ruta aún más larga de regreso al rancho. Pedro y Blancaluna estaban disfrutando mucho el viaje. Pedro iba señalando con su pluma lo que veían y explicándole los nombres de los pueblos, de los árboles y de cada pájaro a lo largo del camino. Cuando se estaban acercando al rancho, Pedro dijo a Blancaluna: —Vamos a un lugar donde un noble señor tiene un pájaro de fuego. Si te casas con él, el pájaro será tuyo.

La idea de poseer un pájaro de fuego puso muy contenta a Blancaluna. Cuando llegaron al rancho, Pedro se entristeció de alejarse de la joven. A ella también le había gustado Pedro, pero desde el momento de su llegada se vio envuelta en el remolino de acontecimientos que el ranchero había planeado en preparación de su boda.

Después de algunos días de no ver a Pedro, Blancaluna se dio cuenta que era a él y no al ranchero a quien ella quería y por ese amor decidió arriesgarlo todo. Un día se acercó al ranchero y le dijo: —Don Roque, usted es un hombre bueno y noble. Si de verdad me quiere, le pedirá a Pedro que me traiga el anillo que dejé dentro de la ballena.

Pedro estaba aterrorizado cuando escuchó esta petición. No sabía por qué Blancaluna lo estaba mandando a lo que muy bien podía ser su muerte; pero al poco rato Blancaluna llegó al establo y le dijo en voz baja: —Pondré farolitos en los tejados de las casas de adobe del rancho hasta que tú regreses. Esos faroles querrán decir que esperamos la buena noticia de tu regreso. Ahora ve y tráeme el anillo.

Pedro encontró a su caballito en una esquina del establo dando coces y echando humo por las narices.

—Es la pluma dichosa —dijo el caballito—. Nada de esto hubiera ocurrido si la hubieras tirado. Vámonos. Esperemos que la ballena esté todavía viva.

EL ANILLO

Pedro y el caballito de los siete colores viajaron en silencio por los cielos. Cuando llegaron al lugar donde solía estar la ballena, no la encontraron. Nada se movía. No había una fuente en ningún sitio. Sólo encontraron una franja de tierra entre dos islas y puentes que ataban la franja de tierra a las dos islas. Había pueblos y gentes yendo de aquí para allá, ocupados en sus

tareas, pero la ballena no estaba en ningún sitio. Pedro vio a una anciana y le preguntó si ella había visto a la ballena.

—Estás sobre ella —dijo la anciana—. El Sol y la Luna la castigaron porque dejó que Blancaluna se fuera. La ataron a estas dos islas. Puedes oírla contar su historia todas las noches. Aquella esquina es su boca, ve allí esta noche.

Pedro se pasó todo el día pensando qué hacer. Cuando llegó la noche oyó los gritos y lamentos de la ballena contando su historia una vez más.

—¡Fui castigada! ¡Fui tonta y fui castigada! y no recobraré la libertad hasta que se encuentre a Blancaluna.

Al escuchar estas palabras, Pedro se acercó a la ballena y le dijo: —Yo sé dónde está Blancaluna.

Por un momento se hizo silencio. Después la ballena lloró con gritos aún más desgarradores.

—¡Nadie sabe dónde está! Nadie.

—¡Yo sí lo sé! —repitió Pedro con firmeza—. Y puedo aliviar tu dolor si me entregas su anillo. Sé que aún lo tienes.

La ballena miró a Pedro.

—Te lo daré sólo cuándo toda esta gente se quite de mi espalda y cuando todos estos pueblos que viven sobre mí se hundan bajo el agua.

Pedro se dio cuenta que debía reaccionar de inmediato y montando en su potrillo le dijo: —Caballito mío, por favor, sé que estás enfadado conmigo por no haber tirado la pluma del pájaro de fuego; pero llévame a donde el Sol y la Luna se saludan cada mañana en el horizonte. Necesito hablar con ellos.

El potro no se movió.

—Caballito mío, amo a Blancaluna y quiero ganarme su corazón, incluso si es la última cosa que hago en mi vida. El caballito al ver los ojos de Pedro llenos de lágrimas, echó a cabalgar hacia el horizonte. Todavía estaba oscuro. Atravesaron una densa niebla. El potrillo explicó que la niebla era el dolor de la Luna por la pérdida de su hija. Pedro intentó apartar la niebla con sus manos y brazos. Pero no lo logró.

Montando sobre la niebla llegaron a un ancho campo de nubes.

—Éstas son las lágrimas del Sol. Él llora porque echa de menos a su hermana —explicó el caballito.

Pedro intentó pinchar a las nubes para que todas las lágrimas desaparecieran con la lluvia. Pero otra vez fracasó.

De repente un rayo de sol rompió el horizonte.

—¿Qué hacen aquí? ¿Quiénes son? ¿Qué quieren en estos altos lugares? —se oyó decir a una voz.

—Señora Luna, Sol, mi señor —dijo Pedro— deben olvidar su pena. Su hija y hermana está viva. Vive en la tierra del coyote y yo la amo; pero ella me mandó a buscar su anillo que dejó dentro de la boca de la ballena, ¡por favor, les suplico!

Al oír esto, el Sol y la Luna se abrazaron y por un momento fueron uno en el cielo. Todo se oscureció por ese breve instante, como si el abrazo los hubiera fundido a los dos.

Finalmente habló la Luna: —Si Blancaluna quiere su anillo, eso significa que está en libertad y enamorada. La ballena está libre.

Pedro recordó las palabras de Blancaluna: "Te estaré esperando". Y no quiso perder ni un momento. Necesitaba coger el anillo antes de que la ballena desapareciera en el océano.

Desmontó del potro color arco iris y empezó a correr olvidando que estaba en el horizonte. Cayó atravesando las nubes, cruzando la niebla, agujereando el azul y blanco, cayendo, cayendo. El caballito vino en su ayuda.

—Esto es lo que son las estrellas fugaces: corazones que corren hacia el amor —dijo el caballito—. Sujétate bien fuerte. Te llevaré hasta la ballena.

Llegaron justo cuando la última persona que vivía sobre la ballena había cruzado el puente poniéndose a salvo en una de las islas. Las noticias sobre Blancaluna habían viajado más de prisa que el corazón de Pedro.

—Anciana ballena, ¿me darás ahora su anillo? —le suplicó Pedro.

—Creí que ya no volvías. Aquí está su anillo. Por favor, dile a Blancaluna que me visite alguna vez en el océano.

Dicho esto, los puentes que sujetaban a la ballena se rompieron y ella desapareció bajo las aguas.

Pedro abrió su camisa y tiró la pluma del pájaro de fuego al mar con todas sus fuerzas. Ahora, también él era libre.

—Caballito mío, vámonos —le ordenó y juntos salieron volando con la fuerza de la tormenta en el corazón de Pedro.

EL BAÑO DE LA BELLEZA

Cuando llegaron al rancho era media tarde. Pedro vio inmediatamente que todos estaban reunidos en el centro del jardín donde el ranchero permanecía de pie junto a Blancaluna.

—¿Trajiste el anillo? —preguntó el ranchero—. Ya puedo desposar a mi novia.

Pedro creyó que su corazón se partía. ¡Ella no podía haberlo olvidado!

—No hasta que no tome usted el baño de la belleza —dijo Blancaluna.

—¿El baño de la belleza? ¿Qué significa eso? —preguntó el ranchero.

—Allí he colocado tres barreños. Primero métase en el de agua hirviendo, luego en el de fría y finalmente en el de leche. Se convertirá en el hombre más hermoso del universo —explicó ella.

—Yo no tengo ningún inconveniente. Pero para ver si el agua está lo suficientemente caliente, tiraré a Pedro primero —dijo don Roque.

Los hermanos de Pedro que habían acudido a las bodas del ranchero y Blancaluna sintieron un gran dolor en su corazón. Ahora que Pedro estaba cercano a la muerte, se dieron cuenta de cuánto querían a su hermano.

Pedro miró a sus hermanos y sonrió. Entonces se dirigió al caballito de los siete colores y le dijo: —Me prometiste que si tiraba la pluma ninguna desgracia me ocurriría nunca más. Nunca sobreviviré el agua hirviendo.

—Pedro —dijo el caballito—. ¿Acaso te he fallado alguna vez? Sólo sigue mis señales. Salta cuando te lo diga.

Pedro se dio cuenta que su amigo tenía razón. No le había fallado nunca y no dudaría de él ahora.

A una señal del caballito, Pedro se tiró al agua hirviendo. Pasaron unos minutos y Pedro salió de un barreño y se tiró al otro y al otro. Cuando salió del tercero, era en verdad el hombre más bello de la tierra.

El ranchero al ver el resultado del experimento saltó al barreño del agua hirviendo. Los enemigos de Pedro, los vaqueros envidiosos, siguieron a don Roque, todos queriendo ser tan hermosos como Pedro. De ninguno se ha vuelto a saber nada.

Todavía se oye hablar de la celebración de la boda entre Pedro y

Blancaluna como el acontecimiento más memorable que haya ocurrido nunca en la tierra del coyote.

Dice la leyenda que el llanto de los coyotes en las noches de luna llena son de agradecimiento a la Luna por dejar que Blancaluna, hija de la Luna y hermana del Sol, viviera con ellos en las montañas de Sangre de Cristo, cerca del río Pecos, en la tierra de Nuevo México.

SOBRE "EL CABALLITO DE SIETE COLORES"

Los cuentos viajan alrededor del mundo. ¿Dónde nació realmente la historia del caballito del arco iris? ¿Acaso nació en el Medio Oriente como un cuento judío? ¿Llegó a Latinoamérica después de ser disfrutado por largo tiempo por los judíos sefarditas? Aunque no sabemos todos los pasos de su trayectoria, sabemos que este cuento viajó y se conoció en varios países, llegando a ser popular en la Republica Dominicana, Puerto Rico y México, así como en el suroeste de los Estados Unidos.

La localización y los detalles pueden cambiar, pero los elementos principales del cuento permanecen, incluyendo los caballos de múltiples colores y la hija de la Luna, hermana del Sol. También encontramos aquí el tema recurrente de los tres hermanos. Los dos mayores son por lo general egoístas y crueles y tratan con desdén a su hermano menor. El más joven, que se convierte en protagonista, aparece al principio como ingenuo, pero esconde un corazón generoso y valiente. Éste es un tema que aparece también en otro cuento de este volumen, "La gaita alegre".

Para crear mi versión usé elementos de una variación localizada en Rusia y cuya familia central era judía. Añadí niebla y nubes, eclipse y estrellas fugaces para ampliar el tema de la hija de la Luna. Y elegí situarlo en Nuevo México para honrar la vida de muchos pioneros hispánicos que viajaron hacia el norte desde México. Familias enteras de hombres, mujeres y niños que hacían el peligroso viaje de casi un año en el Camino Real, entre la Ciudad de México y Santa Fe, trayendo consigo su idioma, su cultura y sus cuentos.

—*F. Isabel Campoy*

"La gaita alegre"

Hace mucho, mucho tiempo, en las verdes montañas de Galicia, en la región noroeste de España, vivía una familia de campesinos. Su tierra era pequeña y no les daba suficiente para alimentar al padre, la madre y los tres hijos.

Los dos hermanos mayores, Pablo y Tomás, siempre le gastaban bromas a Santiago, el hermano menor. Siempre se las agenciaban para devorar la comida que estaba en la mesa antes de que Santiago alcanzara a servirse algo. Y en vista de todo ello, los padres decidieron que sería mejor si su hijo menor se fuera a trabajar a las montañas como pastor de cabras.

—Por lo menos tendrá bastante leche para tomar —dijo la madre.

—Y se volverá independiente y responsable —dijo el padre.

A Santiago le encantaba la vida en las montañas. Cuidaba a las cabras con esmero y se sentía afortunado de poder pasarse el día al aire libre. Ni siquiera le preocupaba el dormir solo en una cabañita de piedra junto a los campos de pastoreo.

El chico llevaba un año y un día en las montañas cuando se encontró con una anciana.

—¿Qué haces aquí solo? —le preguntó ella—. ¿No te da miedo estar sin compañía?

—No, señora —le contestó él—. Me encantan las montañas y las cabras.

—¡Así que eres feliz! ¿No hay nada que te gustaría tener? —le preguntó la anciana.

—¡Oh! Me encantaría tener una gaita para acompañarme.

—¡La tendrás! ¡La tendrás! —dijo la anciana. Y, abriéndose la capa, le entregó una gaita. Estaba vieja y usada, pero tenía un sonido precioso.

Desde ese día, Santiago tocaba la gaita. Y cada vez que lo hacía las cabras bailaban de contento.

Muy pronto los otros pastores se dieron cuenta que las cabras de Santiago estaban más gordas que las suyas. Y decidieron espiarlo. Cuando lo oyeron tocar la gaita y vieron a las cabras bailar, se lo contaron al dueño de los rebaños.

El dueño de los rebaños subió a la montaña a ver si lo que los cabreros le habían contado era cierto, encontró a Santiago sentado debajo de un árbol, rodeado de cabras echadas a su lado.

—¿Por qué no están pastando? —le preguntó el amo al chico.

—Están descansando —contestó Santiago.

—¿Así que es verdad que bailan? —preguntó el hombre.

—Sólo cuando toco la gaita —contestó el muchacho.

—Entonces, toca —le ordenó el hombre.

Cuando Santiago tocó, las cabras bailaron, y el dueño bailó también. Y por más que el hombre quería detenerse no pudo hacerlo hasta que terminó la música.

—No quiero magia en mis campos —dijo el hombre. Y le ordenó a Santiago que regresara a su casa y no volviera más.

Cuando el chico explicó a sus padres lo que le había ocurrido, sus hermanos empezaron a burlarse de él. Pero por más que trataron de convencerlo de que tocara la gaita, Santiago se negó. Ya le había causado bastante problema. Sin embargo aunque se negaba a tocar, llevaba la gaita consigo a todas partes.

A la semana siguiente del regreso de Santiago, su padre le pidió a Pedro, el hermano mayor, que llevara las manzanas de la huerta a vender al mercado. A la mitad del camino, Pablo se encontró con una anciana. No lo sabía, pero era la misma anciana que le había dado la gaita a Santiago.

—¿Qué llevas? —le preguntó la anciana, señalando al saco que Pablo llevaba al hombro.

Como no quería ofrecerle ni una manzana, Pablo le respondió con dureza: —Llevo ratas.

—¡Que tengas mucha suerte con tus ratas! —le dijo la anciana.

Pablo llegó al mercado, y para su gran sorpresa, cuando abrió el saco salieron de él cien ratas. Todo el mundo empezó a gritar y a Pablo lo echaron del pueblo.

Al llegar a casa, Pablo no se atrevía a decirle a sus padres lo que había pasado. En cambio, les dijo que unos ladrones le habían arrebatado el saco.

Una semana después, el día de mercado, el padre envió a Tomás, el hijo segundo, con un saco de peras.

Tomás también se encontró con la anciana en el camino. Y él también fue egoísta. Cuando ella le preguntó: —¿Qué llevas?—, él le contestó rudamente: —¡Pájaros!

—¡Que tengas mucha suerte con tus pájaros!—le contestó la anciana.

Y cuánto se sorprendió Tomás cuando abrió el saco de peras en el mercado y salieron volando cien pájaros.

Al igual que había hecho su hermano mayor, Tomás no le dijo a su familia la verdad de lo ocurrido. Y pretendió que los mismos ladrones que habían atacado a su hermano también se habían llevado su saco.

A la mañana siguiente, cuando Santiago le pidió a su padre que lo dejara ir al mercado, los dos hermanos mayores se rieron.

—¡No va a poder vender nada! —afirmaron.

Pero su padre dijo: —Todo lo que me queda es esta cesta de uvas. La cubrió con una tela blanca y dejó que su hijo menor la llevara al mercado.

Camino del mercado, Santiago también se encontró con la anciana, pero como estaba encorvada y cubierta por su capa, no la reconoció.

—¿Qué llevas ahí? —le preguntó la anciana.

—Sólo unas cuantas uvas. ¿Quiere algunas?

—No, muchas gracias. ¡Que tengas mucha suerte con tus uvas!

Y fue muy buena la suerte que tuvo. Empezó a vender las uvas y parecía que la cesta nunca se vaciaba. Así que vendió uvas todo el día.

Cuando Santiago trajo el dinero a su familia, sus padres estaban encantados. Su padre le dijo: —Mañana iré contigo al pueblo. Con tanta comida vamos a poder comer bien por un tiempo.

—Por favor, tráiganme huevos frescos —pidió la madre. Quizá pueda hacerlos empollar y criar algunos pollos.

Al día siguiente con el dinero de las uvas, Santiago y su padre compraron una carretilla llena de alimentos. Sobre los sacos de harina y granos colocaron dos grandes cestas de huevos.

A la mitad del camino de regreso, el chico sintió un deseo enorme de tocar la gaita.

—Por favor —le dijo su padre—. No toques la gaita. ¿Qué pasará si a los huevos se les ocurre bailar?

—No tenga miedo, padre —respondió Santiago. Pero a medida que tocaba, los huevos empezaron a saltar en las canasta, como si verdaderamente fueran a echarse a bailar.

—Por favor, detente, detente —le decía el padre, mientras él mismo empezó a bailar, haciendo que la carretilla fuera de una orilla a otra del camino.

Pero el chico no se detuvo. Siguió tocando la gaita por el camino hasta que llegaron a la casa.

Al oír la música la madre salió a recibirlos justo en el momento en que los huevos saltaban de las canastas y pollitos amarillos correteaban por todas partes.

Desde entonces, Santiago tocaba la gaita, todos los días. Y cada vez que tocaba, los pollos bailaban. Muy pronto se convirtieron en gallinas gordas, que bailaban alegremente y ponían los huevos más grandes, de los que nacían los pollitos más alegres.

Cuando Santiago tocaba la gaita, ni siquiera Pablo y Tomás podían resistir. Y después de bailar, día tras día, por un tiempo los dos hermanos mayores se volvieron personas mucho más alegres. Y podía oírseles reír y cantar mientras trabajaban en los campos.

Nunca más trataron mal a Santiago. Y nadie que llegó a la puerta de su casa se fue con las manos vacías.

Y así pasaron los años, hasta que este cuento se perdió entre los castaños . . . donde yo lo encontré para contártelo a ti.

Sobre "La gaita alegre"

España es un país de gran diversidad donde se hablan varios idiomas. Los cuatro principales son: castellano o español, euskera o vascuence, catalán y gallego.

Los gallegos, que viven en Galicia, la región noroeste, son de origen celta y comparten algunas semejanzas culturales con los irlandeses. Porque su zona es económicamente menos privilegiada que otras regiones de España, muchas veces se desconoce su rica cultura. Algunas de las primeras obras literarias de la Península fueron escritas en gallego y siempre ha habido excelentes autores gallegos. En Galicia hay extraordinarios monumentos arquitectónicos y artísticos, especialmente en Santiago de Compostela, que fue un importante centro de peregrinaje para toda Europa en la Edad Media.

En lugar de vivir en pueblos, los campesinos gallegos muchas veces viven en pasos, o haciendas, aislados. Este aislamiento, unido al clima húmedo y neblinoso, dio origen a la tradición de contar cuentos junto al fuego. Algunos cuentos son sobre los santos patronos; muchos son cuentos folklóricos que incorporan lo mágico y sobrenatural. Un personaje común es una bruja buena que busca la justicia y ayuda a quienes tienen buen corazón. La combinación de la fe católica y las creencias sobrenaturales se reflejan en una expresión gallega popular: "No creo en las brujas, pero que las hay, las hay".

La gaita es el instrumento musical más importante en la música gallega y aparece como símbolo de buena suerte en muchos cuentos. Mi abuelo paterno era gallego y Ada es un apellido de Galicia. Por esta razón, siento un gusto especial en compartir algo de la cultura gallega.

A los gallegos se les considera generosos, románticos y de buen corazón. Con frecuencia sienten saudade, palabra intraducible que implica nostalgia por el lugar de origen, sentimiento profundo a la vez triste y dulce.

Este cuento está basado en una versión que aparece en Cuentos populares españoles por José María Guelbenza. Ejemplifica la proverbial generosidad gallega, puesto que a los hermanos mayores no se les castiga, sino que se les da la oportunidad de participar en la buena fortuna de la familia.

—Alma Flor Ada

"La túnica del hombre feliz"

En uno de los soleados valles de Al Ándalus, que baña el río Guadalquivir, vivía un viejo califa a quien Alá le había dado la bendición de tener un hijo bondadoso y cariñoso. El califa se pasaba todo el tiempo muy ocupado gobernando sus tierras, pero aunque trataba de ser justo y generoso, siempre se sentía mal por no poder pasar más tiempo con su hijo, el príncipe. Día tras día se prometía: *Mañana pasaré más tiempo con mi hijo*. Pero mañana no llegaba nunca. Por fin, el califa decidió que haría un largo viaje con su hijo, para visitar la Meca y las tierras santas de sus antepasados.

Lamentablemente, unas semanas antes de la partida, el joven príncipe se enfermó gravemente. Tuvo una fiebre alta por muchos días y cuando por fin la fiebre cedió se había quedado pálido y sin fuerzas, como si la fiebre le hubiera robado toda la energía. Para empeorar la situación, se negaba a comer y cada día estaba más delgado.

Después que todos los médicos del califato hubieran examinado al príncipe sin lograr curarlo, el califa llamó a los médicos de los reinos lejanos. Ofreció una magnífica recompensa a cualquier médico que recetara la

medicina que curara a su hijo. Pero, nadie parecía tener un remedio. Y, entonces, el califa envió mensajeros por todas sus tierras diciendo que daría la mitad de su fortuna a *cualquiera* que encontrara una cura para el príncipe.

Una mañana temprano apareció en el palacio del califa una anciana. Se arropaba con un largo manto negro y llevaba sobre el hombro un papagayo blanco. En su cara arrugada, sus ojos brillaban como luciérnagas a media noche. Tan pronto les dijo a los guardas que sabía cuál era la medicina que curaría al príncipe la llevaron al salón principal.

El califa, vestido todavía con su ropa de dormir, se apresuró a recibirla.

—Todo lo que el príncipe necesita para sanar —dijo la anciana— es usar la túnica de un hombre verdaderamente feliz.

Y el papagayo repitió: —Feliz, feliz, feliz . . .

—¿La túnica de un hombre totalmente feliz? —preguntó el califa muy sorprendido—. ¿Y dónde la encontraré?

—Eso no puedo decirlo —replicó la anciana—. Pero tiene que pertenecer a alguien que está completamente contento, que no tiene un solo deseo sin cumplir. Alguien que, aun si usted le ofreciera lo mejor de su reino, lo rechazaría porque ya tiene todo lo que puede desear.

Y mientras se marchaba, se podía oír repetir al papagayo: —Feliz, feliz, feliz . . .

El califa llamó de inmediato al emir y le dio órdenes de que trajera a los cuatro jefes de su guarda. Cuando los oficiales se reunieron en el salón, el califa anunció: —Vayan por todo el califato y encuentren un hombre verdaderamente feliz. Para probar si es completamente feliz, ofrézcanle cumplirle su mayor deseo. Si no tiene ningún deseo, ¡cómprenle la túnica a cualquier precio! Le daré una fortuna en tierras y en oro al primero que me traiga la túnica de un hombre verdaderamente feliz.

El primero de los jefes cabalgó en su magnífico caballo hacia el norte, preguntando en todos los pueblos si alguien conocía a un hombre verdaderamente feliz. No era tarea fácil. En un primer momento las gentes se señalaban unas a otras, pero una vez que el jefe empezaba a conversar con ellos, descubría que tenían tantos deseos como cualquier otro.

Por fin, en el último pueblo antes de la frontera, las gentes le señalaron la casa de un rico mercader. El jefe tocó a la puerta y, cuando le abrieron, pensó que había encontrado lo que buscaba. La casa era soleada y agradable. En el patio central el agua brotaba alegremente de una fuente, el aire tenía fragancia de rosas y los pájaros cantaban con entusiasmo. El mercader tenía un rostro placentero y recibió al jefe cordialmente.

—Vengo de parte de Su Excelencia, nuestro bien amado califa, al que Alá guarde —anunció el jefe—. Y debo preguntarle: ¿es usted un hombre feliz?

—Claro que sí —dijo el mercader mirando con gran satisfacción a su alrededor—. Claro que sí.

—Su Excelencia, el califa, quisiera concederle un deseo, su mayor deseo —dijo el jefe.

—¿Un deseo? ¿Mi mayor deseo? —repitió el mercader, muy sorprendido—. Bueno . . . vamos a ver. Siempre he querido ser un emir . . . Por otra parte, pudiera convertirme en el proveedor de Su Eminencia, a quien Alá guarde, y en ese caso el título no importaría tanto . . . Pero, también, verá usted, tengo una hija hermosísima y puesto que el príncipe no tiene esposa todavía . . .

El jefe no quiso oír nada más. Montó en su caballo, dispuesto a regresar a decirle al califa que, si iban a encontrar a un hombre verdaderamente feliz, no sería en las tierras del norte.

Los dos jefes que viajaron al este y al oeste llegaron a la misma conclusión.

El joven jefe que viajó al sur le tenía un afecto especial al príncipe. La primera vez que le tocó hacer guardia a la puerta del palacio, había estado tan nervioso, que se le olvidó la espada. El príncipe, que iba unos pasos delante de su padre, mientras revisaba las tropas, se dio cuenta de la confusión del joven guarda y, quitándose su propia espada del cinto, se la ofreció al sorprendido joven. El jefe nunca había olvidado tal gesto de bondad. Ahora estaba dispuesto a viajar al último rincón del califato para encontrar a un hombre verdaderamente feliz.

Primero visitó las ciudades, donde tuvo tan mala suerte como sus compañeros. Pero como se negaba a darse por vencido, se dispuso a visitar todas las fincas, sin reparar en cuán pequeñas o remotas fueran.

Regresaba un día de una finca, descorazonado después de descubrir que los campesinos parecían estar tan llenos de deseos como los artesanos y los mercaderes de los pueblos, cuando oyó el sonido de una flauta. Era un sonido tan agradable que quiso saber de dónde procedía.

Bajo la sombra de un roble un joven pastor tocaba la flauta mientras las ovejas y borregos pastaban a su alrededor. Tenía un rostro tan sereno que el jefe decidió preguntarle: —¿Eres feliz?

—¡Feliz! —repitió el joven sorprendido por la pregunta—. Mi rebaño tiene pasto fresco. Allí, junto a esas rocas, hay un arroyo en el que nado

cada tarde. Acabo de hacerme una flauta. Pero sobre todo, respiro, y, cada vez que lo aspiro, el aire renueva mi vida. ¿Cómo pudiera no ser feliz?

—Bien . . . —dijo el jefe—. Vengo de parte de Su Excelencia, el califa, que Alá proteja su nombre, y puedo cumplir cualquiera de tus deseos, tu mayor deseo.

—¡Qué califa bondadoso! —respondió el pastor—. Ni siquiera en los cuentos he oído hablar de un califa, ni siquiera un sultán, que cumple los deseos de sus . . .

—Bueno, basta —interrumpió el jefe—. ¿Cuál es tu deseo?

—Pero, ¿no me ha entendido? —preguntó el pastor—. Ya le he dicho que no necesito nada. Tengo todo lo que pudiera desear.

—Bien, bien —insistió el jefe que quería asegurarse de cumplir la misión correctamente—. Una oportunidad como ésta no se da todos los días. El califa me ha autorizado a concederte cualquier cosa en el mundo que desees.

—¿Cualquier cosa? Pero si ya tengo todo lo que necesito . . . el aire, el cielo, el sol, la lluvia, el agua fresca del río, los pájaros en las ramas. Dígale al califa que le agradezco mucho su ofrecimiento, pero que no deseo nada más que lo que tengo.

—Entonces —gritó el jefe— ¡véndeme tu túnica!

—¿Mi túnica?

—¡Sí! ¡Tu túnica! Pídeme cuánto quieras por ella.

—Lo siento, pero no puedo complacerlo.

—Es una orden del califa. Si no obedeces, estaré forzado a llevarte preso y a quitártela a la fuerza.

—Puede llevarme preso. Pero no podrá quitármela.

—Vamos —trató de convencerlo el jefe—. ¿Por qué eres tan obstinado?

—Bueno, verá —contestó el pastor—. Estoy tratando de decirle que no me puede quitar la túnica porque no tengo túnica. En el verano no la necesito. En el invierno me arropo con mi manta de lana. Nunca he tenido una túnica.

El jefe, no sabiendo qué decir, se llevó al joven con él al palacio.

El califa estaba en el cuarto de su hijo enfermo cuando le avisaron que el último de sus jefes había regresado acompañado de un pastor. El califa indicó que debían pasar al cuarto del príncipe.

Cuando el jefe terminó su informe, el príncipe pidió desde el lecho, con voz débil: —¿Tocarías la flauta, para oírte?

El pastor empezó a tocar. Y cuando el príncipe oyó la melodía de la flauta, se incorporó en el lecho y dijo: —Esta música me recuerda los días que pasé en el campo cuando era pequeño. Me gustaría tomar un vaso de jugo de granada, como hacía entonces.

Por varias semanas el pastor continuó tocando la flauta para el príncipe todos los días. El príncipe escuchaba las melodías, e inspirado por los recuerdos que le traían, empezó a pedir leche fresca y queso, vegetales y fruta. Y recobró las fuerzas.

La alegría del califa era inmensa, pero no dejaba de darse cuenta de que la única persona verdaderamente feliz en todo el califato . . . ¡ni siquiera tenía una túnica!

Y así, mientras el príncipe retornaba a la vida, el califa empezó a tomar medidas que cambiaron completamente su reino. Renunció a su mandato y propuso que las gentes se gobernaran a sí mismas escuchando a la opinión de todos. Con estas medidas las gentes de esas tierras vivieron satisfechas y en paz por muchos años.

Y el califa y el príncipe no sólo visitaron la Meca, sino que desde allí se fueron a ver todas las maravillas del mundo. Y le pidieron al pastor que los acompañara.

Y, adonde quiera que fueran, la música del pastor les recordaba lo que es la verdadera felicidad.

Sobre "La túnica del hombre feliz"

En el año 711, el líder musulmán Tariq ibn Ziyad invadió la Península Ibérica como parte del plan árabe de expandir y propagar la fe de Mahoma. La fuerza de los invasores era muy superior a la de los reyes visigodos que regían España y que estaban fragmentados y debilitados por sus propias luchas internas.

Un grupo de visigodos se refugió en las montañas del norte, en Asturias, y desde allí iniciaron el proceso de rescatar las tierras del poder musulmán. Este largo proceso duró casi ochocientos años. Durante esos siglos hubo períodos de paz y otros de guerra. Se formaron distintos tipos de alianzas. Por ejemplo, algunas veces un rey cristiano se aliaba con uno musulmán en contra de otro rey cristiano. Y las tierras cambiaron de mano muchas veces.

Personas de origen hebreo habían convivido con los cristianos por mucho tiempo. Los árabes les ofrecieron a los hebreos privilegios especiales. Y muchos hebreos se fueron a vivir a los reinos árabes. A la primera invasión árabe siguieron otras. Generalmente, los que venían de la Península Arábiga eran sólo hombres. Por eso hubo una gran cantidad de matrimonios mixtos entre las gentes de distintos orígenes y esto dio nacimiento a un nuevo pueblo, que tenía una gran herencia árabe y hebrea entretejida en su cultura y su visión del mundo.

Entre las muchas contribuciones que los árabes dejaron a España están sus cuentos. Estos cuentos cortos, llamados apólogos, que tienen personajes humanos o animales, usualmente llevan encerrada una lección moral. La túnica del hombre feliz posiblemente se originó en Grecia, inspirada por la anécdota de Alejandro Magno y Diógenes. Los árabes lo llevaron a España, de donde pasó al resto de Europa. Hay una versión de Tolstoy y otra de Italo Calvino. En el siglo XIX fue popularizada entre los lectores de lengua española por el Padre Coloma, que recontó muchos de los viejos cuentos árabes en un libro llamado Cuentos para niños. *Para recontarlo aquí, elegí situarlo en el ambiente árabe de Al Ándalus.*

Mi versión le añade un tono más ligero al cuento, para evitar un sabor demasiado moralizador y explora las preocupaciones de los padres que no llegan a pasar tanto tiempo con los hijos como desearían.

—*Alma Flor Ada*

"Blancaflor"

El joven príncipe había salido a cabalgar al amanecer, aun antes de la salida del sol. Ahora, cansado y triste se sentó bajo las ramas de un roble copioso. Pensaba sobre su padre, el rey, que yacía en el palacio, enfermo con una enfermedad que nadie sabía curar.

Habían llamado a médicos de los reinos vecinos, habían consultado a los adivinos y la reina había preparado con sus propias manos todas las medicinas sugeridas. Pero nada parecía ayudar al rey, que se debilitaba más y más cada día.

El joven príncipe había estado sentado bajo el árbol por un rato, perdido en sus pensamientos, cuando le sorprendió escuchar una voz que parecía salir de las ramas del roble.

—¿Qué estarías dispuesto a dar por la salud de tu padre?

El príncipe miró a su alrededor y no pudo ver a nadie.

—Daría cualquier cosa por la salud de mi padre —respondió, tratando de disimular el miedo que sentía.

—Si es así, en tres años, vendrás a entregarte a mí, en las Tres Torres de Plata, en la Tierra de Irás y no volverás. ¿Lo prometes? —gritó la voz, haciendo temblar las hojas del roble.

—Sí —aseguró el joven—. Yo, el príncipe Alfonso, juro solemnemente que haré lo que me pide si mi padre sana.

—Exactamente en tres años . . . —dijo la voz tan fuertemente que las hojas del roble se desprendieron y cayeron sobre el asustado príncipe que, sacudiéndoselas de los hombros, montó de un salto en su caballo y corrió a ver a su padre.

—¡Hijo! —lo recibió su madre con una sonrisa, la primera que veía en mucho tiempo en aquel rostro tan querido—. Mira a tu padre. Se ve mucho mejor. Y, de hecho, el rey dormido parecía haber recuperado su color y su sueño era profundo y sereno.

El rey recuperó la salud en muy poco tiempo. Pero ahora la reina se preocupaba por su hijo. Parecía encantado, como lo estaban todos, de ver al rey recuperado. Y, sin embargo, de vez en cuando, la reina descubría una profunda tristeza en los ojos de su hijo.

El rey estaba decidido a que el príncipe Alfonso se casara. La enfermedad prolongada lo había dejado con un sentido de urgencia frente a la vida. —Quiero verte empezar una familia. Quiero conocer a mis nietos.

Y aunque el príncipe aseguraba que no estaba listo para casarse, el rey ordenó que le trajeran cuadros de todas las princesas casaderas de los reinos vecinos. Como al príncipe no le interesó ninguna de ellas, el rey organizó banquetes, bailes y paseos para que el príncipe conociera a todas las jóvenes nobles que conseguía invitar. Pero aunque con todo esto el rey le proporcionó muchísimo trabajo a las costureras y los peluqueros del reino, y aunque mucha gente joven se divirtió de lo lindo en los eventos, no logró hacer que el príncipe cambiara de parecer.

A medida que pasaba el tiempo la conducta del príncipe se volvía más y más extraña. Se pasaba casi todo el tiempo fuera del castillo, cabalgando. Por las noches escribía poemas y componía música triste en su laúd. Por fin, una mañana, exactamente un mes antes del tercer aniversario del día en que había oído la voz que salía de las ramas del roble, empezó su viaje.

Dejó detrás un montón de poemas que hablaban del amor que sentía por su madre, de la gratitud que sentía hacia su padre y de su cariño a todos y a todo lo que había hasta en el último rincón de su reino. Y les dejó una carta a sus padres, pidiéndoles perdón por causarles dolor, pero asegurándoles que se iba porque tenía que cumplir una promesa.

El rey no podía entender la desaparición de su hijo. Estaba dispuesto a enviar sus caballeros y guardas a rastrear por todo el mundo hasta que lo encontraran. Pero la reina le pidió que honrara los deseos de su hijo, del mismo modo que su hijo estaba honrando su promesa. Dentro de su corazón de madre sentía que había una conexión entre la curación de su esposo y la partida de su hijo.

El joven príncipe Alfonso cabalgó por muchos días, comiendo apenas de las provisiones que llevaba consigo. Varias veces les pidió a los pastores que encontraba en el camino que le indicaran cómo llegar a la Tierra de Irás y no volverás. Siempre apuntaban en la misma dirección, hacia el sol poniente. Y siempre le preguntaban: —¿Por qué querría alguien ir allí?

Y el príncipe respondía: —Para cumplir mi palabra.

El séptimo día de viaje vio una paloma blanca que parecía indicarle que la siguiera. Y así lo hizo. Pero después de muchas horas de seguir a la paloma se encontró frente a una sima profunda. Mientras observaba el abismo profundo, sabiendo que no podría cruzarlo, ni a caballo ni a pie, un águila majestuosa se posó frente a él y le miró fijamente a los ojos.

—¿Me podrías llevar al otro lado? —le preguntó al águila.

—Sólo si me das tu cadena —respondió el águila.

El joven Alfonso se quitó la gruesa cadena de oro que llevaba la imagen de un águila, emblema de su reino y se la puso al águila alrededor del cuello.

—Es muy apropiado —dijo el príncipe—. He llevado tu imagen conmigo siempre. Ahora debe ser tuya. Entonces el águila lo sujetó fuertemente del cinturón de cuero y voló sobre el abismo.

La tierra del otro lado, donde el águila depositó al príncipe, era desértica y baldía. Las rocas de obsidiana y basalto estaban calientes por los rayos de un sol fiero. A la distancia, sobre los altos acantilados, brillaban tres torres de plata.

Alfonso apenas había dado unos pasos hacia las torres cuando lo detuvo una voz tronante: —¿Quién se atreve a pisar mi tierra?

—He venido a cumplir con mi palabra —contestó el joven príncipe.

—Así debe ser —replicó la voz—. Y para premiarte, te daré la oportunidad de salvar la vida. Si completas las tres tareas que te voy a dar, te quedarás aquí y te casarás con una de mis hijas. Pero si no las completas, servirás de alimento a mis galgos.

Alfonso respiró profundamente. Alzó los hombros y encontró la fuerza dentro de sí mismo para contestar con voz serena: —¿Qué es lo que quiere que haga?

—Toma este saco de trigo. Camina al valle, siembra el trigo, coséchalo y muélelo. Y con la harina, hornea pan y tráemelo mañana a las once de la mañana. Y, ante los sorprendidos ojos de Alfonso, apareció un pequeño saco de trigo.

El joven levantó el saco y empezó a caminar entre las rocas. ¿Qué podía hacer? Tenía la cabeza gacha y los hombros caídos, porque sabía que no había modo alguno de completar esta tarea. Pero no había caminado mucho cuando se le apareció una joven.

—¿Qué te pasa? —le preguntó—. ¿Por qué estás tan triste?

—Me han asignado una tarea imposible. Y mi vida depende de ello.

—Debe ser una triquiñuela de mi padre —respondió ella—. Pero no te preocupes, que voy a ayudarte. Toma este palo y araña con él la tierra. Sigue caminando en línea recta arañando la tierra. Yo echaré las semillas y todo saldrá bien.

Esa tarde, cuando habían acabado de sembrar el trigo, contemplaron la puesta de sol. La muchacha dijo: —Me llamo Blancaflor. Y si confías en mí, salvarás la vida. Ahora tengo que irme o si no me echarán de menos a la hora de cenar.

Cuando ella se fue, Alfonso se durmió, recostado contra una alta roca. Por la mañana el valle estaba cubierto de trigo maduro, cuyas doradas espigas brillaban bajo el sol del amanecer.

Alfonso estaba todavía frotándose los ojos cuando apareció Blancaflor.

—Es hora de cosechar el trigo, de molerlo y de hacer pan con la harina —dijo. Y mientras hablaba, el trigo saltó de las espigas y formó una montaña dorada. Y junto a la montaña de trigo aparecieron un molino y un horno de pan.

—Sigue trayendo leña para el horno —le dijo Blancaflor a Alfonso. Y

mientras él lo hacía, el molino molió el trigo y las hogazas de pan iban apareciendo listas para ser horneadas. Cuando el olor de pan recién horneado inundó el valle, Blancaflor desapareció.

—Es mejor que mi padre no me encuentre aquí cuando venga a buscar su pan —le dijo a Alfonso antes de irse.

Muy pronto se oyó la voz atronadora.

—O eres un brujo o has conocido a Blancaflor.

Alfonso se quedó callado.

—Bueno, todavía te quedan dos tareas —gritó la voz—. Más vale que empieces. Siembra estas vides y ten el vino listo para mí, mañana a las once de la mañana. Y mientras, las hogazas de pan se movían en el aire, como si las llevaran manos gigantes, Alfonso se encontró con cien cepas de vides a sus pies.

No tardó mucho en aparecer Blancaflor. Y del mismo modo que habían plantado el trigo el día anterior, plantaron las simientes de uva. Ese atardecer, mientras contemplaban la puesta del sol, Alfonso le habló a Blancaflor de su padre y su madre y de la promesa que había hecho. Y una vez más la joven le pidió que confiara en ella.

A la mañana siguiente el valle estaba cubierto por vides cargadas con racimos de uvas. Y solamente hizo falta que Blancaflor hablara para que se cosecharan las uvas, se exprimieran y el vino quedara almacenado en grandes barriles de cedro.

Justo antes de las once, cuando Blancaflor ya se había ido, se oyó la voz de trueno: —O eres un hechicero o has estado hablando con Blancaflor.

Alfonso permaneció en silencio. Pero tembló cuando oyó que la voz se reía.

—Bueno, veremos cómo cumples la última tarea. Tienes que traerme el anillo que a mi tatarabuela se le perdió en el océano. Y si no lo tienes aquí mañana a las once de la mañana, serás alimento para mis galgos.

Cuando Blancaflor llegó Alfonso tenía lágrimas en los ojos.

—No tengo miedo a morir. Pero me apena que a mi madre se le romperá el corazón. Esta tarea será imposible —le dijo.

—No, no lo será. Pero tendrás que confiar todavía más en mí —respondió ella.

Blancaflor llevó a Alfonso al alto acantilado junto al océano. Allí el joven vio al águila que lo había cruzado sobre el abismo.

—El águila nos llevará al medio del océano. Y allí deberás dejarme caer—fueron las instrucciones de Blancaflor.

—Pero no podré hacer eso —protestó él.

—Sí, lo harás. Tienes que hacerlo —insistió Blancaflor.

Cuando estaban sobre el océano, Blancaflor le pidió al príncipe que la soltara. Pero en el último momento él le agarró la mano desesperadamente. A medida que los dedos de ella se desprendían de los de él, oyó un crujido y vio que el dedo meñique de la mano de ella estaba partido.

Alfonso sintió que se le detenía el corazón mientras veía a Blancaflor desaparecer bajo las aguas. Se le llenaron los ojos de lágrimas mientras el águila batía las alas con mayor rapidez aún, y antes que pudiera darse cuenta estaba de pie en el prado, junto a la roca a la que se había recostado para dormir las dos noches anteriores. Y allí, sobre la roca, estaba un anillo extraordinario. Tenía la forma de un dragón y sus ojos eran dos esmeraldas.

No había tenido mucho tiempo para admirarlo cuando oyó la voz atronadora: —Así que encontraste el anillo. O eres el rey de todos los hechiceros o Blancaflor te ha ayudado.

Alfonso permaneció en silencio.

La voz continuó: —Sigue el camino hasta el castillo. Esta noche conocerás a mis tres hijas ¡y elegirás una como esposa!

Cuando Alfonso llegó a las Tres Torres de Plata la puerta que daba al inmenso salón estaba abierta. Entró y en la mesa de banquete había tres palomas blancas.

—¡Elige una, ahora mismo! —la voz retumbaba contra las paredes.

Alfonso observó las tres palomas. Eran idénticas. Pero se dio cuenta que una parecía tener un ala rota. Y eso le recordó cómo colgaba el dedo meñique de Blancaflor, torcido después de haberse roto.

—Elijo ésta —dijo. Y se acercó a la paloma con el ala rota. Y súbitamente Blancaflor estaba frente a él, rodeada de sus hermanas que eran idénticas a ella. Nadie hubiera podido distinguirlas. Pero cuando Alfonso miró las manos de Blancaflor vio que una de ellas tenía vendado el dedo meñique.

—Allí tienes a tu mujer —ordenó la voz—. Y vamos todos a dormir. Mañana celebraremos la boda.

Blancaflor guió a Alfonso hasta su aposento. Una vez que entraron, cerró la puerta y le susurró: —Nos matarán esta noche. Tenemos que escapar. Y arregló la ropa de cama, para que pareciera que estaban durmiendo. Luego sopló en el vaso de agua que estaba en la mesa de noche y le indicó a Alfonso que la siguiera.

Cuando estaban fuera de la torre le dijo: —Yo me quedaré aquí de guardia, por si viene mi padre. Ve al establo y trae un caballo. Pero fíjate bien. Hay dos caballos allí, Viento, que es joven y fuerte, y Pensamiento, que es viejo y flaco. Asegúrate que no traes a Viento sino a Pensamiento.

Pero cuando Alfonso entró al establo y vio los dos caballos pensó: "Éste tan flaco no podrá llevarnos a los dos". Y ensilló a Viento.

Mientras Alfonso traía al caballo, el padre de Blancaflor estaba en la puerta del cuarto de su hija. La llamó suavemente, para ver si estaba dormida: —¿Blancaflor?

Y el soplo de aire que ella había dejado en el agua contestó: —Sí, padre. ¿Me necesita?

Después de unos minutos, él volvió a llamarla: —¿Blancaflor?

Y el soplo de aire respondió muy quedo: —Sí, padre.

Pero cuando la llamó por tercera vez, el soplo de aire sólo dejó oír un suspiro. Él entró violentamente en el cuarto y se dio cuenta de inmediato que ni Blancaflor ni el príncipe estaban allí. Y salió a buscarlos.

Blancaflor se quedó aterrada al ver que Alfonso venía a recogerla montando a Viento. Pero al ver que su padre salía del castillo, montó de un salto en el caballo detrás del príncipe y lo urgió a seguir.

No habían galopado más que unos minutos por el valle cuando oyeron que Pensamiento, montado por el padre de Blancaflor, los alcanzaba.

—Si tan sólo hubieras ensillado a Pensamiento en lugar de a Viento —dijo Blancaflor— mi padre nunca hubiera podido alcanzarnos—. Y se quitó la peineta que llevaba en el pelo y la tiró al camino detrás de ellos.

La peineta se convirtió en una sierra montañosa que cerraba el camino y les permitió ganar una pequeña distancia. Pero muy pronto se oyeron de nuevo los cascos de Pensamiento que se acercaba.

Blancaflor se quitó el broche de oro con que se sujetaba el chal y lo tiró al camino detrás de ellos.

El broche de oro se convirtió en un desierto de arenas hirvientes y esto les permitió ganar una pequeña distancia. Pero muy poco después volvieron a escuchar el ruido de los cascos de Pensamiento que se acercaba.

—Si tan solo hubiéramos tomado a Pensamiento en lugar de a Viento —dijo Blancaflor. Y se quitó su chal de seda azul y lo tiró al camino detrás de ellos.

El chal de seda azul se convirtió en un mar de altas olas cubiertas de espuma.

Entonces Alfonso urgió a Viento: —Toma todos mis pensamientos, los pensamientos de mi amor por mi madre, los pensamientos de admiración por la bondad de mi madre, mis pensamientos de amor hacia Blancaflor. Toma estos pensamientos, Viento, y deja que ellos aligeren tu paso.

Y acicateado por los pensamientos de Alfonso, Viento se volvió tan rápido como Pensamiento. Y antes de que pudieran darse cuenta, el príncipe y Blancaflor estaban a la puerta del castillo de Alfonso, donde los recibieron su padre bondadoso y su madre amorosa, estrechándolos a los dos en un solo abrazo.

Todavía estaban abrazándose cuando un viento terrible empezó a arrancar las hojas de los árboles y vieron que se acercaba un enorme remolino de viento. Alfonso se llenó de valor y le gritó al viento: —Yo he cumplido con mi palabra. ¿Va a cumplir la suya?

El viento sopló con mayor furia por un momento, pero luego amainó, y oyeron una voz profunda en el viento que parecía venir desde muy lejos y que decía: —Has demostrado que eres sabia, hija mía. Ahora . . . ¡sé feliz!

Y éste es el cuento de Blancaflor. Comenzó con hilos plateados y terminó con hilos dorados, entretejidos para crear este cuento, sólo para ti.

Sobre "Blancaflor"

El cuento de Blancaflor es uno de los más conocidos y más queridos en la cultura hispánica. Es originario de España, donde se han recogido numerosas versiones, como la que aparece en la colección de Aurelio Espinosa, Cuentos populares de Castilla y León, vol 2. *Cruzó el Atlántico y se ha difundido a través de Hispanoamérica.*

Porque es un cuento largo y elaborado, los contadores muchas veces lo han considerado un regalo especial. Muchas niñas deben haber oído, como lo oí yo muchas veces: "Si te quedas quieta mientras te hago las trenzas, te contaré el cuento de Blancaflor". Y muchos niños deben haber oído: "Si te vas callado a la cama, te cuento el cuento de Blancaflor".

Con tanto contar y recontar algunos detalles se perdieron, otros se añadieron y muchos más cambiaron. Hoy existen versiones muy distintas. Y, con ese mismo espíritu, yo me he permitido tomarme algunas libertades con mi propia versión.

Este cuento está tan incorporado a la cultura hispánica que Viento y Pensamiento son símbolos de las falsas apariencias. Y hay muchas referencias literarias sobre los amantes de esta historia.

En el extraordinario poema "Canciones a Guiomar III" Antonio Machado, uno de los más importantes poetas españoles del siglo XX, celebra la fuerza del amor entre el poeta y la amada. El poeta termina diciendo:

Aunque ensille el pensamiento,
libre amor, nadie lo alcanza.

Un testimonio más a la fuerza de la tradición oral.

—*Alma Flor Ada*

Para terminar un cuento

El contador tradicional de cuentos encuentra una fórmula para indicar que el cuento ha terminado y el oyente puede regresar al mundo de cada día, dejando intacta la magia del relato. Éstos son algunos de los finales tradicionales cuando se cuentan cuentos en español:

. . . y colorín colorado,
este cuento se ha acabado.

. . . y vivieron felices
y comieron perdices
y a mí no me dieron
porque no quisieron.

. . . este cuento se entró
por un caminito plateado
y salió por uno dorado.

. . . zapatito roto
cuénteme usted otro.

. . . y vivieron felices
hasta el fin de sus días.

. . . esto es verdad
y no miento
como me lo contaron lo cuento.

. . . y se acabó lo que se daba.

. . . así pasaron muchos años
hasta que este cuento
se perdió entre castaños.

. . . se acabó el cuento,
se lo llevó el viento
y se fue . . . por el mar adentro.

. . . y el cuento se acabó
cuando lo vuelva a encontrar
lo volveré a contar.

Y aquí se rompió una taza.
Y cada quien para su casa.

Sobre las autoras y los ilustradores

Alma Flor Ada

Nací en Camagüey, Cuba, en una casa colonial, la Quinta Simoni. Crecí rodeada de una familia amorosa a quien le gustaban los cuentos, y estaba libre para explorar el campo, observar a los animales y hacerme amiga de los árboles.

Tuve la dicha de que en mi familia hubiera maravillosos contadores de cuentos de quienes aprendí a gozar de un cuento bien narrado.

Los libros fueron grandes compañeros de mi infancia. No me cansaba de leerlos y releerlos hasta llegar a sabérmelos de memoria. Sus historias me animaron a observar con mucha atención la vida a mi alrededor y a descubrir que cada persona era un personaje, que en su conversación y sus acciones se encerraban misterios que entender, que cada rincón de mi pueblo era un trozo de escenario . . .

Tengo el orgullo de haber sido maestra, como mis bisabuelos, mis abuelos, mis padres y mis tíos y como ellos he animado siempre a mis alumnos a sentirse protagonistas de sus vidas y a que contribuyan, con su propia historia, a crear un mundo de justicia, de comprensión y compasión, para lograr la paz que debe llegar a reinar entre los seres humanos.

F. Isabel Campoy

Quizá la característica que mejor me define es la curiosidad. Montada en sus alas he viajado por infinidad de rincones en la tierra, haciendo amigos, admirando la fuerza del ser humano, la magnitud de la belleza en los paisajes, disfrutando de la música y la comida, el arte y la conversación de cualquier cultura a la que visitaba. Esas experiencias se tradujeron luego a mis libros. Los amigos se convirtieron en personajes y las anécdotas, en el hilo de las historias por contar.

Vine a los Estados Unidos por primera vez como estudiante a los dieciseis años. Fue tan grata la experiencia que, después de terminar mis estudios universitarios en la Universidad Complutense de Madrid, regresé para quedarme.

Mi amor a la palabra me ha enseñado cuánto puede hacerse con ella. He escrito sobre las personas que admiro y el arte de los pueblos hispánicos que tanto me impresiona. Mi palabra se ha hecho sonrisa en el teatro, luz en la poesía y misterio en los cuentos. Pero sobre todo uso la palabra para ayudar a construir, para los niños, un mundo mejor.

Tengo los bolsillos llenos de palabras que quieren salir a contar historias nuevas. Esta mañana saltaron tres que decían: "Había una vez . . . "

Felipe Dávalos

Nací en México y allí estudié arte. Mi educación artística comenzó en los talleres de cerámica de mi familia, en Tonalá, Jalisco. Se desarrolló especialmente en el taller de diseño y creación de joyería que tenía mi padre en la ciudad de México desde donde exportaba joyas de plata mexicana a todo el mundo. Completé mis estudios en el Instituto Nacional de Bellas Artes y en la Escuela de Diseño y Artesanía en la ciudad de México. Mi amor por la lectura me ha traído a la ilustración de libros, como esta bella antología.

Viví Escrivá

Siempre he vivido en el mundo feliz de la transformación, el de darle vida a las ideas a través del color.

Nací dentro de una familia de pintores en Valencia, España. Mis padres nos llevaban con ellos a la Huerta, en busca de un lugar mágico que les inspirara. Y esa magia, que se traían a casa en sus lienzos, inspiró mi vida como pintora.

Me casé con un pintor y mis dos hijas son ilustradoras, quizá porque también ellas vinieron de niñas con sus padres a buscar lugares mágicos a los campos de Polop, Alicante. He hecho marionetas, pintado retratos y recreado el mundo fantástico de los niños a través de la ilustración. La magia continúa.

Susan Guevara

Después de cumplir veinte años empecé a pronunciar mi apellido correctamente. Es decir, dejé de pronunciar "Guevara" con un acento inglés. El sonido del alfabeto en español me atrajo a la rica herencia de los antepasados de mi padre. Aunque crecí dentro de la cultura anglosajona en el centro de mi corazón hay una chispa mesoamericana. Mi corazón late con el cielo y la tierra y el misterio que significa vivir entre los dos.

A medida que pasan los años, descubro que deseo dibujar lo que no puede verse, pintar lo que oímos o sentimos. En este libro quise pintar la amenaza gigante de un lobo haragán enfurecido y el baile ligero de una zorra lista. Quería pintar la apariencia plana, irreal, como de arte popular, del color de la luna. Creo que estas imágenes tienen sus raíces en el realismo mágico de la literatura latina.

Leyla Torres

Nací y crecí en Bogotá, la capital de Columbia. A pesar de vivir en esta gran ciudad, mi familia amaba el campo y frecuentemente viajábamos a las áreas rurales y a las aldeas acogedoras. Cuando tenía seis años mi madre me dio un caballete y una caja de pinturas. Uno de mis primeros dibujos era de un grupo de seis altos cipreses y otro de un hombre que había visto cosechando una piña en el campo. Desde entonces he disfrutado mucho pintando.

Ahora dibujo y escribo libros en mi estudio en Arlington, Vermont. Al hacer las ilustraciones para *Cuentos que contaban nuestras abuelas* me inspiré en mis recuerdos de las montañas y las ropas llenas de color que usan las mujeres en los mercados populares de Colombia.